会唱歌的
槐树

陆泉根 —— 著

中国出版集团

现代出版社

图书在版编目（CIP）数据

会唱歌的槐树/陆泉根著. --北京：现代出版社，2017.3
ISBN 978-7-5143-5516-1

Ⅰ．①会… Ⅱ．①陆… Ⅲ．①散文集－中国－当代
Ⅳ．①I267

中国版本图书馆CIP数据核字（2017）第044279号

会唱歌的槐树

作　　者	陆泉根
责任编辑	李　鹏
出版发行	现代出版社
地　　址	北京市安定门外安华里504号
邮政编码	100011
电　　话	010-64267325　010-64245264（兼传真）
网　　址	www.1980xd.com
电子邮箱	xiandai@vip.sina.com
印　　刷	三河市京兰印务有限公司
开　　本	710×1000　1/16
印　　张	14
版　　次	2017年3月第1版　2020年6月第2次印刷
书　　号	ISBN 978-7-5143-5516-1
定　　价	49.80元

我们都是泥孩子

（序）

◎ 庞余亮

"……我内心的那些泥孩子

我爱他们野鹿之蹄的践踏

我爱他们秘密之泉的灌溉

白天沉睡，我是他们怯怯的梦呓

夜晚醒来，我是他们泥做的嘴唇"

这是多年前写的一首叫作《泥孩子》的诗，当时写的时候，有一个秘密的愿望，那就是写给我们这些被农业社会哺育的人。

被农业社会哺育的人，都是眷恋农业的人，都是对农业社会有无限热爱的怀旧者。

怀旧者，在农业里徜徉，他们总是有着粗壮的胳膊，黑红的脸膛，结实的大脚板。

粗壮，黑红，结实，是因为农业社会中珍贵而艰难的哺育。

怀旧，意味着铭记恩情。

这些怀旧者，都是我内心的泥孩子。

比如泉根，比如晓檎，比如义阳，比如明干，比如我。这些怀旧者，都是农业社会的末一代。对于土地上的祖辈，对于四季，比如耕作和收获，有着天生的敏感和敬意，也就是说，相比接踵而至的工业和互联网时代，泥孩子更情愿停留在泥香遍野的农业时代。

也正是因为这个，泉根才写下《父亲的斧头》《母亲的腰》。这位农业社会里的工匠的孩子，用文学磨快了斧头，去记忆之林中砍下了一担又一担薪木。

有了这，老灶可以生火，老烟囱可以冒烟，老粗瓷大碗可以盛上滚烫的粥。

这是泥孩子心中最温暖的家园图。在这幅黑白色的家园图中，泉根继续写出了《久违的老咸菜》《那个冬天那双布鞋》《会唱歌的槐树》《古镇码头》……

咸菜之咸，布鞋之新，都是农业社会给泥孩子的图腾，也是泥孩子们在泥水中反复书写的理由所在。

可怀旧，也意味着在崭新时代呼啸而来的时候，必须经受持久的隐忍的疼痛，也就是缺水时代泥孩子全身干裂的疼痛。

泉根说他是长在城里的苦楝树。但是，最尴尬的苦楝树也会开花。

但那黑红的花，如疼痛之花，开在电线杆上的暑假上，落在姜四爷的二亩三分地里，也落在守望炊烟的人心中。

泉根的笔下，村庄肾虚，蟹农无奈，卖鱼者迷茫……那铭记的恩情，那隐忍的疼痛，恰恰是文学创作的高产田。

有田地的泥孩子是有责任感的。

而文学就成了他的犁耙，他的水车，他的镰刀，他的扁担，他的磨耷，他的锄头，最终会成为他手中最得心应手的农具。

泉根手中的农具应该是扁担。

被生活压弯的扁担，被汗水浸润得通红的扁担，是他最得心应手的农具。

扁担在泉根这个泥孩子的肩头晃动，但他的重心很稳，就如同这本书的文字。他和他的扁担走在他的田埂上，留下了一行泥脚印。

每一个泥脚印里蓄满了泥腥味弥漫的新泥浆。

那泥浆里蓄满了泥孩子们的艰难岁月，也蓄满了泥孩子内心的骄傲——那可不是一条羊肠小道，泉根走的是他自己的康庄大道。

（庞余亮：中国作家协会会员，江苏省作协理事，泰州市作协主席。江苏省作家协会首届签约作家。代表作品有《薄荷》《丑孩》《为小弟请安》《鼎红的小爱情》等。曾获紫金山文学奖等多项奖项。鲁迅文学院全国第三届中青年作家研讨班学员。）

目　录

第三辑　肾虚的村庄

第四辑　亭子间的灯光

第一辑

会唱歌的槐树

父亲的冬天

在我的记忆里，父亲是不怵冬天的。

天寒地冻，冷风刺骨，当我还赖在被窝里，头都不愿露出的时候，父亲已经早早起身。父亲不怕冷的秘诀是运动，劳动则是他唯一的运动方式。父亲在单位是个锯木师傅，在家里则是个木匠，家里用的桌椅橱柜统统包揽。木工活是父亲的副业，只能忙里偷闲，自然，最好是大早，精力也旺盛。斧锯凿刨，父亲样样拿手。父亲刨木板的动作很标准，迈着弓箭步，腰身微微前倾，双手有力地推着刨子，很快，他的周围便落满了热情洋溢的刨花。刨木板绝对是个力气活，常常，外面滴水成冰，父亲却脱得只剩下一个夹袄。

下雪后的早上，父亲会起得更早一些，因为要扫雪。父亲有力的双手握着大扫帚，像个武林高手拿着一杆兵器，很是潇洒：唰唰唰、唰唰唰。挺有节奏的声音，埋在被窝里的我依旧听得真真切切。等我起床，推开门，院子里的雪已经扫得干干净净，太阳也升得老高，红扑扑的，屋檐上正滴着融化的雪水，凝成一根根长长的冰凌。——父亲早已经去了厂里。

有一年，快春节了，晚上下起了雪，特别大。我早早上床，钻进温暖的被窝做起过年的美梦。半夜，迷迷糊糊中，有人敲门。很快，父亲起床，跟着来人走了。天色大亮，透过窗户，我看到父亲回来了，大步流星，满面红光，带着得意的神情。父亲掀开草帘，雪霰溅了进来，一股冷气随之嗖地钻了进来，父亲嘴里直呼着热气，掏出几张皱巴巴的钞票，递给母亲，说：喏，拿去，红香家杀猪了，买点猪肉，改善一下。原来，父亲半夜里是去给人做棺材的。那时候的冬天似乎特别冷，镇上经常有老人等不到春天的来临，便驾鹤西游了。每个冬天，父亲总要做好几口棺材。"棺材棺材，升官发财"，对于一个木匠来说，做棺材是一件很光彩而吉利的事情。这次，是镇西头一家姓邹的80岁的老母亲去世了，老人身体一直很好，走得有些突然。父亲和另外一个本家木匠，忙了半宿，赶制了一口上好的柏木棺材。

在那个商品短缺的时代，电自然也成了稀罕物，停电很正常。经常是白天停，晚上到。父亲和他的同事不得不把工作时间调整得和电同步。有一次，也是离春节不远的日子，一连停了几天电，活干不了，没有收入，父亲有些垂头丧气，早早上床休息。夜里，突然来电，父亲赶紧起身，匆匆而去。那是我记忆中最冷的一天，北风呜呜地刮着不停。天亮，父亲回来了，一连打了几个喷嚏。母亲赶忙烧了一碗姜茶，喝完，父亲便上了床，三条旧被子捂在身上。下午，父亲又精神抖擞地干起木工活了。父亲的身子，似乎是铁打的，在和一个个冬天的艰苦卓绝的斗争中，支撑着我们这个家，先后把我们兄妹几个拉扯大，上学，工作，直至我们有了自己的家庭。

我怎么也没有想到，父亲这么一个硬汉也会害怕冬天。父亲害怕冬天，是前年的事情。动了大手术，父亲整个人蔫了，瘦了足足一圈。也难怪，快八十的人了，怎么经得起这样的折腾呢。父亲开始拄起了拐棍，走起路来，颤颤巍巍。最要命的是怕冷畏寒，总是秋行冬令，早早就穿上厚重的衣服。冬天的晚上，要有几个热水袋伺候，左拥右抱，身上才有些暖气。

以前起早的父亲不见了，居然常常赖在床上不肯起——怕冷。白天，老是想着去到浴室泡个澡，可是，挂着拐杖的他，弱不禁风，吹口气就能让他倒下，浴室的老板很为难，生怕有个三长两短，跟我们不好交代。可是，我们这些子女都在外工作，鞭长莫及。

一阵秋风一层凉。转眼，冬天临近了。我真希望冬天的步伐能缓慢一些、再缓慢一些，转念一想，我又希望冬天能快点到来，因为，熬过冬天，就是明媚的春天。

父亲倒很乐观：我快八十的人了，黄土埋到颈脖了，过一年算一年。不过，从父亲眼神里，我看得出，他还是希望自己能多活几年的。父亲苦了一辈子，这个愿望不算太奢侈。

林语堂说过，一支烛光，总有一日要熄灭的……因此我们必须把生活调整，在现实的环境下，尽量过着快乐的生活。毕竟，人生，总归有很多东西值得留恋，比如，父亲留恋我们，我们留恋父亲。但愿，这个冬天，不要太冷。

会唱歌的槐树

槐树能唱歌。真的。

这是父亲发现的。这棵紧挨着屋后檐的槐树，光秃的树干，在北风里有节奏地颤抖着，风在裂开的树皮间行走，发出呜呜的声音。父亲说，槐树唱歌了。

父亲有理由说出这样诗意的话，他是木匠，树木就是他的孩子。每一年的冬天，特别是家里柴火告急的时候，父亲都要"检阅"他的孩子。屋后，落了叶的楝树、槐树、杨树、桑树，一个个露出了真面目。父亲的任务是删繁就简，把那些旁逸斜出、没有组织性纪律性的枝枝丫丫，毫不留情地开除出去。父亲将一把锯子牢牢地绑在一根三米长的竹竿上，仔仔细细地打量着每一个枝丫。父亲的眼光是专业的，哪些该去，哪些该留，有数得很。不一会，满地的枝丫。母亲捡拾着。这些枝丫很快会被父亲的斧头剁得齐刷刷的，扎成一捆捆，码到灶台的边上。

母亲望着那棵槐树，跟父亲商量：这棵树看样子"熄"（死）掉了，砍下吧？母亲喜欢用"熄"来表示一棵树的枯萎，想想也有道理，熄就是油尽灯枯，就是死亡。父亲没有说话。母亲以为父亲耳背，又大了点声：干脆锯了，打张方桌子……父亲慢声慢语：留着吧。

父亲叫留着自然有他的道理。槐树不轻易"熄"，"千年柏，万年松，不如老槐空一空"，即使熄了，老根上也会冒出新的树苗。父亲偏爱槐树，偏爱得有些固执，骨子里刻着"家有榆槐，不可当柴"的信条。父亲说，"九栋三桑一棵槐，要用榆树转世来"。做家具，榆树最佳，槐树次之：木质坚硬，结实，富有弹力。

这棵槐树是初秋的时候开始生病的。叶子枯黄得比周围所有的树木都早，风一吹，纷纷扬扬，像下了一场雪似的。父亲说，奇怪，个把月前还神气活现的呢，说不行就不行了。父亲说得不错，初夏的时候，这棵槐树还青枝绿叶，雄心勃勃的和即将参加高考的我有得一拼，繁杂的枝叶伸展开来，把小半个天空染成绿色，绿叶中间闪闪烁烁的，是一簇簇白色的槐花。槐树的枝叶在风的怂恿下竟挑翻了老屋的瓦块，那个时候，可是雨季啊，屋漏了可不是小事。不等母亲啰唆，父亲操起一把锋利的锯子便跃上了屋顶。到底还没有老，父亲动作敏捷得像个猴子，三下两下便靠近那些飞扬跋扈的枝叶，母亲把锯子递了上去……

北风吹着，槐树又在唱歌了。我到了扬州读书，自然听不到，父亲听到、母亲听到。父亲说，这棵槐树真的有问题了，吩咐母亲，明年开春，多施点灰肥，不信槐树醒不过来。

第二年，镇上的孩子都赤脚奔了，槐树还是没有一点动静。父亲没有了等待的耐心，他收拾起行囊，准备外出打工，打工的地点在十多里之外的盐城，交通工具是自行车。父亲的锯木厂很不景气，摇摇欲坠，而家里用钱的地方太多，我上大学，弟弟上高中，两个妹妹又小。五月，别的地方槐树长得最疯的时候，那棵槐树依旧没有起色。绿色的海洋里，老槐树枯槁的身影有些扎眼。

很快，槐树枯萎的秘密被母亲发现。杀死槐树的凶手竟是家里的十多斤煤油。煤油放在家里灯柜旁边的铁皮桶里，紧靠后墙。母亲在扫地时，发现了地上有煤油渗漏的痕迹。煤油是给我们看书用的，父亲望子成龙心切，让我在供销社做经理的哥哥买了十多斤回来，珍藏着，慢慢用。但家里装上电灯的速度超出父亲的想象——煤油用不着了。父亲拿着空空如也的铁皮桶，对准太阳猛照：阳光从一个针眼大的洞跑出来。父亲叹了一口气，说，唉，怪不到这么一大摊油斑，可惜了。

老家，上大学后的第一个暑假，滂沱大雨过后。我和弟弟在屋后玩耍。"你看！"弟弟突然指着熄了的槐树告诉我，"木耳，木耳，可以吃的。"槐树的枝枝丫丫间，突然冒出了很多黑黑的木耳。我迅速拿起篮子，爬上树，小心地采摘。满满一篮子，收获颇丰。邻居王大妈见多识广，说，等个好天气，晒干，收藏起来，要吃，可以泡一点。烧豆腐，好得很。

又是一个冬天，槐树依旧在唱歌着。终于，有一天，风大，它倒下了。倒下时，砸到了旁边两棵小楝树。母亲对父亲说，早叫你砍了，还好，没有砸在屋上，谢天谢地。父亲砍下断了的槐树，劈成柴，码在了灶台旁。槐树根父亲没有挖掉。父亲说，留着，上面说不定会冒出新芽。

槐树芽没有长出来，父亲却一天天老了，成了一棵老树，满脸皱纹就像槐树皮。动了手术以后，父亲脸色苍白，瘦骨嶙峋。寒风里，挂着拐杖的父亲，跟那棵枯萎的槐树一模一样。终于，在一个寒冷的夜里，父亲油尽灯枯。走了。父亲，这盏为我们家耗尽了油的灯，终于"熄"了……

父亲生前说过，树木是有灵性的。这应该是真的。难怪，老家那棵曾经蓬勃的槐树常常冒失地撞进我的梦里，让我辗转反侧，夜不能寐。我知道，在我的内心深处，那棵会唱歌的槐树依然悄悄活着，就像我的父亲。

母亲的腰

我记不清母亲的腰什么时候开始驼的，不知不觉间，居然弯成了一张弓，走起路来，总好像在寻找着什么。母亲的腰不仅驼得厉害，而且疼得厉害，尤其在风雨交加的日子。母亲用腰痛的程度来预测天气，居然跟电视里的一样准。

以前，母亲全然不是这样，她的腰好着呢。记得我小时候，母亲捡麦穗，常常后半夜起床。月光如水，母亲借着月色走到麦田，又借着月色弯腰捡拾。母亲眼神好，腰肢更是灵活得像条水蛇，弯下直起，游刃有余。天亮的时候，雾气中的母亲准能扛回家满满一蛇皮袋的麦穗。等吃完早饭，母亲又和一拨人马到另外一个地方捡拾了。一个收获的季节，母亲能捡拾起好几笸斗的麦穗。闲下来，寻个好太阳，把晒干的麦穗用槌棒敲打，麦粒脱壳而出。麦子可以拿到面店里换面条，斤半小麦换一斤水面。水面的质量相当不错，很有嚼劲。

冬天的晚上，母亲会端坐在床上，借着煤油灯的光亮纳鞋底。母亲的纸盒里，放满了各种鞋样，大大小小，方口、松紧口、东北式等。那时的我家，经济困难，但布鞋一直不缺。纳鞋底费时间，母亲一坐就是好几个小时。奇怪的是，母亲从来没有喊过腰酸背疼。我家砌房子的时候，需要筛石沙。父亲用几根毛竹支起架子，悬起一个大铁筛，母亲逞强，一个人干了起来。四十多吨的石沙，母亲凭着毅力，不分白天黑夜，硬是把它过了个遍。大功告成，母亲的手一下子变得粗糙，裂了许多口子，奇怪的是，腰杆没有半点酸痛。

　　树老根多，人老病多。上了年纪，母亲就像一部旧机器，毛病不断：失眠，牙疼，腰痛，双眼见风流泪。特别是腰痛，发作起来，整个身子不能动弹。母亲是个急性子，干躺着，有活不能干，这比腰疼更让她难受。在医生那里，母亲听到的总是老生常谈："缺钙""骨质增生"……没有特效药，母亲只能用自己的方法来解决腰痛的问题。

　　母亲的首选方法是求菩萨，求大慈大悲的观音菩萨。家里的条台上供奉着好几尊，一样的端庄，又一样的慈祥。对待菩萨，母亲慷慨大方，家里的几个香炉，总是香烟袅袅，不绝如缕。但，母亲的诚意未能打动菩萨，她的腰疼依旧。于是，母亲开始使用膏药，各种麝香虎骨膏，包括"哪儿疼贴哪儿"的那种，作用都不大，只能吃药，各种舒经活血的中成药。广告里的黑骨藤胶囊，我买过，价格不低，母亲吃了十多盒，效果倒不错。后来，这种药买不到了。母亲很是失望。

　　一位好心的邻居送了几十颗醉仙桃的种子给母亲，说用酒泡外搽治疗腰疼是特效。邻居虔诚的表情让母亲看到了希望。母亲把种子摊在手掌心，黑黑的，扁扁的，比芝麻稍大。母亲把它当成了生蛋的母鸡。农历二月，一个好天气，母亲小心翼翼地把醉仙桃的种子播下，浇水，除草。几天后，种子生根发芽。醉仙桃的生命力让母亲吃惊，不要施肥，照样蓬蓬勃勃，一个劲地往上蹿，枝叶的形状和茄子差不多，不过要高大一些。

　　母亲的劳动得到了回报，每棵醉仙桃树上挂了七八个果子，核桃一般大小，上面布满了小刺。成熟的果子会自然裂开，隐约可见里面的"黑芝麻"。剪下果子，晒几个好太阳，轻轻揉搓，黑种子就出来了。取百十粒，拿一瓶白酒，最好是 65 度的，泡上几十天，等酒变成"酱油"，就可以拿来搽身子，止疼有奇效。母亲的腰痛终于有了缓解。

父亲去世后，母亲一个人生活。自己照顾自己的母亲把醉仙桃视如珍宝，总是选出最饱满的种子，放到一只旧袜筒里，藏好，留到春天播种。

虽然，有了醉仙桃，但在阴雨连绵的日子，我还是有些担心母亲的腰，要知道，醉仙桃只有麻醉效果，没有治疗功能。再说，使用次数多了，效果也会打折扣的。

今年的春天似乎来得有些迟，天总是板着脸，阴冷得要命，弄得人没有好心情。但我相信，天会好的。等惠风和畅、春暖花开，我会赶回家，和母亲一道，撒下醉仙桃的种子。

父亲的斧头

小时候，我最崇拜的人是父亲。很大程度，是因为他的一把斧头。

这个斧头比普通的斧头稍大一点，斧刃锃亮，寒光逼人。斧头是父亲专用的，任何人不得染指。父亲是木匠，斧头就是他的饭碗。在母亲的眼中，这把斧头的重要性不亚于盘古手里那把用来开天辟地的，也难怪，全家大小七口人，全仗这把斧头养活，没了它，喝西北风去？

偶尔，邻居来借斧头劈柴。熟人熟面，拒绝总不好——别慌，家里另有一把：看上去差不多，只是斧柄稍稍短了一点。到底是赝品，功效比父亲的专用斧头差了一大截：钝，吃力，还容易卷口。我曾用桑树枝丫做过一个漂亮的弹弓，赝品钝，我改用了父亲的斧头——当然是偷着的。母亲发现后，惊慌失措。意外的是，父亲知道后什么也没有说，破天荒地亲自上阵，帮我做好了这个弹弓，准头很好。

就像名演员走穴一样，父亲的斧头，也有"客串"的时候。每年腊月，家里总喜欢腌制一个猪头，留着过年。煨的时候，面对硕大的猪头，母亲常常手足无措，无从下手，这时，就得请父亲。父亲像一位见义勇为的义士，抡起斧头，一分为二。

父亲的斧头之所以能所向披靡，全在于淬火。这比煅打还难的一道工艺，父亲的同事、镇上农具厂的徐铁匠做得最好，堪称完美，父亲这把斧头便是他遗作中的上乘之品。父亲说，好马要配好鞍，木工手艺再好，没有一把顺手得力的斧头不行。我经常看到，再顽固的木头疙瘩，父亲也能用他那把斧头，把它分成想要的几个等分，不偏不倚，不左不右。父亲手掌厚大，手腕有力，好像就是为这把斧头而生。

好斧头，靠的是保养。夏天，父亲起床后的第一件事情就是磨斧子：拿出中间凹下去的磨刀石，洒上点水，坐下来，一手握着斧柄，一手压着斧身，来回磨着，动作轻盈娴熟。不时，父亲会腾出一只手来，给斧刃洒点水。差不多了，父亲就用大拇指轻轻试试斧刃，小心翼翼，然后迎着光亮，吹口气，左看右瞅，最后，脸上露出满意的微笑，用干抹布擦拭掉斧头上的水渍，把斧身插到稻堆里——这样不容易生锈。

那时候，最让我感到高兴的莫过于有人家上梁了。对农村人来说，砌房子是和娶媳妇一样重要的大事，立柱上梁，自然要热闹一番，庆祝庆祝，烧香磕头，图个平安吉利。如果把砌房子看成是画一幅画，那么，上梁相当于一幅画中的点睛之笔，相当重要。威望高、手艺好的木匠，才有资格被主家请去。父亲的手艺不错，经常被人喊去"点睛"，自然，斧头是带去的。父亲经常和另外一位木匠面对面骑坐在房屋的脊梁上，像骑着一匹驰骋的战马，神采飞扬，威风凛凛。两位"梁上君子"用斧头在梁上敲敲打打，伴着节奏，一唱一和起来。

"上梁正逢黄道日……"

"竖柱巧遇紫微星……"

"斧头朝上，敬祝毛主席万寿无疆……"

"斧头朝下，福气财气一齐进家……"

一阵鞭炮响后，高潮到了，这可是所有小朋友们最喜欢的环节——"抢馒头"。其实抢的不只是馒头，还有米糕、糖果，讲究的人家甚至还有一分二分的硬币。这时候的父亲，能呼风唤雨，随意调度着下面望穿秋水的孩子，当然也有"以大欺小"的大人们。扔馒头是有节奏的，有时是和风细雨、东一榔头西一棒；有时则是铺天盖地、天女散花一般。偶尔，失了准星，馒头掉到烂泥地上，脏了，没有关系，会有人捡起来，剥去外面一层，迫不及待地塞进嘴里。那种场面绝对热闹：争着的、抢着的、叫着的、闹着的，滚到一起，乱成一团；高兴的、失望的、狂喜的、沮丧的，什么表情都有。那时候，我的个矮，抢馒头这种游戏不太擅长，常常空手而归。不要紧，晚上，父亲回家的时候，会给我们一些惊喜：两个馒头，几颗糖。

　　进了腊月，父亲厂里的生意就清淡了，父亲转而忙着做寿材了。寿材也称喜财，就是给活人做的棺材。农村很多健在的老人，未雨绸缪，早早把自己的另一个世界里的"房子"准备好了。老人们很挑剔——这辈子吃了苦，下辈子该享清福了，"住"的地方当然得讲究些。老人们不傻，会挑选"德艺双馨"的木匠，给的红包自然不小，这从父亲回家时的表情可以看出。其实，我知道，父亲有比钱看得更重要的——一个手艺人，还有比得到人家认可更高兴吗？更何况，做的是棺材，"棺材棺材，升官发财"，多好的兆头、多好的祝愿啊。父亲快乐的情绪是传染的，先是母亲，接着便是全家人了。那几天，家里总是充满笑声，其乐融融。

　　1982年，高考落榜，我垂头丧气，对读书一下子失去了信心，准备死心塌地跟着父亲学门手艺。我好奇地看着父亲的一套行头：斧头、刨子、凿子、墨斗……最让我感兴趣的自然还是斧头，握在手中，虎虎生威，平添几分阳刚之气。父亲笑笑，说，别忙别忙，你先推推刨子吧。随后，父亲做了个示范：站好弓箭步，双手紧握木工刨的耳柄，呼呼地刨了起来，父亲的动作平稳协调，雄赳赳气昂昂的，似乎并不吃力。只一会儿，父亲的四周便落满了刨花。我如法炮制。刨子不太听话，艰涩，推不动。不一会，我便腰酸背痛，气喘吁吁。可能是我用力不均，木板上坑坑洼洼，凹凸不平。望着我，父亲语重心长：凡事都有方法、窍门，要琢磨、思考，怎么样，这还比学习辛苦吗？我满面羞愧，无言以对。没有几天，我重返校园，开始了复读生涯，第二年如愿进了大学。

我要结婚的时候，父亲已经快60岁了，身体也大不如以前。然而，他毅然决定，利用业余时间给我打套家具：一来节省开支；二来，亲手做的家具结实、牢靠。父亲准备用杉木做料子，打套组合式的。戴起老花镜，父亲一手拿着木工笔，一手拿着《最近组合家具式样》，勾勾画画，研究得很是仔细，还不停征询我的意见。一个多月的起早带晚，父亲终于完成了他的大作。考虑到我宿舍的狭小，父亲创造性地打了一个"截角橱"。这套家具，货真价实，外表是三合板，内膛全是实打实的杉木板。结婚后，我搬了三次家，家具完好无损。

1993年，父亲退休。为了生计，他又去扬州、盐城打工，走时都带着那把斧头。那时是我们家最为困难时期，我们的工资低，父亲的工资更低，只有几十元（现在总算涨到三百元了），三弟还在外面读书呢。六十多岁的老头，在外东奔西跑，现在想起来，我们这些做子女的真是惭愧……后来，三弟考上研究生，做了大学教师，结婚生子，父亲才算真正喘了一口气，彻底退休。彻底"退休"后，父亲的斧头也跟着退居二线：劈木柴了。用过以后，父亲依旧小心磨好，按时保养。每年春节，我们兄妹几个都到父母这里团聚一下，除了准备好吃的，父亲还要劈很多木柴，以备煤炉引火之用。

去年下半年，在偶尔的一次身体检查中，父亲查出了贲门癌，我们兄妹们慌成一团。确诊后，决定动手术——自然瞒着父亲。进入手术室前，护士要测量身体指标，想不到，身高1.7米以上的父亲，只有80多斤。换病号服时，我看到了一个瘦骨嶙峋的父亲，我的眼泪簌簌不止。出院后，父亲更消瘦了，佝偻着身子，动作迟缓，看我的时候，就像罗中立的油画《父亲》上的父亲：眼窝凹陷，目光深邃而忧郁……

父亲变得手无缚鸡之力，走路，要拄着拐棍，慢慢悠悠——毕竟也是七十大几的人了。斧头，早无人过问，弃之于厨房的一角。由于缺乏保养，早已锈迹斑斑，黯淡无光，失却了往日的风采。

现在，父亲的斧头，谁都可以乱碰乱摸，没有人再说什么。斧刃卷了，还豁了几个小口，青面獠牙一般，特别是边上裂了个口子——这可是致命伤：明显是使用不当所致……偶尔，父亲拖着病残之躯，抓起他的斧头，细细端详，像看着一个可爱的婴儿，脸上露出不无遗憾的神色喃喃自语："可惜了，这把好斧头。"

母亲的王国

　　我们家有过一块菜地，就着河岸，依着房屋，形状狭长，至少有 50 平方米。那是一块属于母亲的天地。心里面，我把它称为"母亲的王国"。

　　这块菜地的诞生并不容易。我家西边那条不大的河流，虽谈不上湍急，但坡陡水深，暴雨之后，河床常被冲刷成沟沟壑壑，坍塌时有发生。考虑到房屋安全，父母亲发扬精卫填海的精神，肩挑背扛，日积月累，硬是在房屋和河流之间开辟出一块缓冲地带。母亲用木棍、竹棒和芦柴把它小心地围起来，这儿便成了她统治的世界。

　　母亲种菜，并非闲情逸致，功利性很强。那个时候，全家六七口人的吃穿全靠父亲在锯木厂那点微薄的工资，常常捉襟见肘。兄妹几个数我最能吃，肚子常常咕噜咕噜叫唤，似有天大的委屈。也难怪，那时的我正处于青春期，消化能力极强。而且，我的嘴刁得厉害，挑肥拣瘦，没有喜欢的菜，常常耷拉着脑袋，嘴巴更是噘得老高。母亲是不敢"得罪"我的，我可是家里的重点保护对象，要接受国家挑选，参加高考呢。寒窗苦读，没有个好身体可不行。母亲是农村人，懂得人勤地不懒的道理，决心跟土地神讨要点什么。"有菜五分粮，不怕饿断肠"，有了菜园，自然多了些填腹之物，菜碗里的内容也变得丰富多彩起来。

母亲是勤政的，她把她的王国治理得井井有条。一块块菜畦，垄沟分明。每一块都能精心规划，合理利用。母亲深谙种菜之道，讲究精耕细作，最大限度把这块弹丸之地的利用率发挥到极致。"春菜，夏瓜，秋萝卜。"清明之后，母亲就忙个不停了。一走进母亲的王国，便进入了一个嗡嗡嘤嘤蜂蝶飞舞的世界。葱蒜只能是配角，青菜才是这里当仁不让的主角，当然，还有那割了一茬又一茬的韭菜、叶子上总是缀满露珠的茼蒿。土地是有限的，母亲毫不留情把她的王国向空中发展：豇豆架子扎得很牢，豇豆成熟的时候，就成了餐桌的常客，好像总也摘不完；黄瓜，总是静静地躲在黄花绿叶下面，让你发现时充满惊喜，上面有刺，没关系，用手随便捋捋搓搓，塞进嘴里，甜甜的、凉凉的；丝瓜不要搭架子，这个机灵鬼，会顺着一个草绳攀爬到一棵楝树上，显摆地挂出一个个果实；红扁豆成熟偏晚些，离离的豆荚，总是一簇一簇，缀满牵藤的架子，在风中摇曳。采撷时，我常常主动请缨，一只手忙不过来，自然会两手并用，看着篮子里红扁豆慢慢多起来，我的食欲似乎也开始高涨。想不到，我们家蔬菜不仅能自给自足，还能周济邻居。邻居差个葱啊蒜的，哪怕是散发着药香的芫荽，都能在菜园的某个角落找到。

记忆中，母亲对苋菜情有独钟。春暖花开之时，施上一层灰肥，苋菜种子一撒，按时浇上点粪水，没有几天，苋菜便破土而出，像个顽皮的小孩，探头探脑，一天一个样。半尺来高，就可以掐下嫩叶炒着吃，放点油盐，再拍一两个蒜瓣。苋菜薹留着，等长粗了、高了，就可以做闻起来臭吃起来香的苋菜馅了。在鲜见鱼肉的桌上，苋菜馅是我望眼欲穿的菜肴，我百般宠爱。偶尔，左邻右舍会闻味而来，一副渴求的表情："吃的可是苋菜馅？好东西，要点炖豆腐。"考虑到"市场"，母亲总是种了很多的苋菜，常常拔了一大捆，张家几棵李家几棵挨个送过去。

"春种秋收"，这是母亲总结的规律。母亲种菜非常注意时令，常说，

"种瓜点豆，谷雨前后"，过了这村就没有这店了。比如，种青菜要趁早，晚了，成熟的时候，虫子会很多，叮咬得斑斑点点，白费劲。没想到，种菜里包含着如此简单而深刻的哲理。菜园的活再忙，母亲也很少让我沾手，因为我除了留下乱糟糟的脚印外，作用不大。

我真的没有想到会有这么一天，曾经碧波荡漾威胁我家房屋根基的那条河变成了死水沟，臭气熏天。菜园的灌溉成了问题，母亲舍不得用自来水，居然从几百米外的大河提水回来。我知道，母亲骨质增生，腰痛得很厉害，药用了不少，总不见好。可是，提水浇地，母亲却健步如飞。前年，臭沟被填上，说是开发商盯上了。终于，一辆巨大的扒土车，气势汹汹，横冲直撞而来。惊慌和恐惧中，母亲不知所措。转眼之间，栅栏、藤架被夷为平地，母亲的王国彻底沦陷。母亲像霜打的一般，整个人蔫了，病快快的。好几天，没有说一句话。很快，先前的菜地变成瓦砾一片，旁边，竖起了一幢五层的商品住宅楼，光鲜耀眼，威风凛凛。瞬间，我家的老房子黯淡、破旧了许多。

奇怪得很，劳动少了，母亲的腰反而疼得更凶了，而且，身子佝偻得很夸张，好像在寻找地上的东西。常常，母亲痴痴地望着那曾经的菜园，失魂落魄，目光里充满迷茫。我知道，她是在怀念她失落的王国……

作为儿子，我有个愿望，能给母亲一块巴掌大的地，哪怕十来平方米，让她在属于她自己的王国里，"晨兴理荒秽，带月荷锄归"。很多次，我做过这样的梦：年迈的老母，头上沾湿着些许露水，捧着一弯臂紫红的苋菜，或是拿着一把青青的豇豆、几个嫩嫩的丝瓜，傻傻的，满脸洋溢着孩子般的微笑……

我家的灶台

很长时间，灶台是我家最聚人气的地方。

我喜欢端坐在灶膛前烧火，既轻松有趣，又富有成就感。我的父亲在锯木厂上班，家里有的是木屑。灶膛里用麦秸刨花等引火之后，抓起一把把木屑朝灶膛里均匀地撒去，轰的一声，会腾起阵阵火苗。顿时，我会有一种撒豆成兵的快感。终于，风平浪静的锅里传来了笃笃的响声，和我们肚子里咕咕的叫声遥相呼应。

灶台砌了三十几年，它的唯一制作者是父亲。父亲靠单打独斗，从黎明到黄昏，一个整天完工。灶台用砖头垒成，方方正正。烟囱笔直挺拔，透过屋面的瓦块，羞涩地探出头来。设计上，父亲充分考虑到通风，让柴火能燃烧到极致。灶台的表面用泥灰抹平后，外面刷上一层石灰，最上面用水泥贴上白瓷砖。灶台可支两口铁锅，一大，一小；大的烧饭，小的热菜。

记得灶台砌好后，父亲买了一口"尺四锅"，用一块鸡蛋大的沙石细细打磨，嚯嚯的声音颇有些节奏。铁锈除尽，锅里变得锃亮。接下来便是母亲的事了：抓进一把劣质茶叶，放满一大锅水，煮。锅开，水黑，清洗。

再烧一锅糯米粥。揭开锅盖，长长的米粒在锅里翻滚着。慢慢，糯米粥会变得黑而黏稠，倒掉，再洗净，搽上菜油，大锅就可以使用了。

　　我读高中时，再冷的天，母亲依然起得很早，在灶台边生火煮粥。同样早起的父亲则在堂屋里叮叮咚咚地做着木工活。等锅里沸腾了，母亲会喊我去看粥锅——灶膛里的木柴虽燃烧殆尽，但威力仍不可小觑。捧着书本的我，一心二用，常常因为看书入迷，粥汤趁机溢出锅外，流得到处都是，母亲心疼得要命。父亲则笑笑，说：也好，就当饭吃吧。近水楼台的我，常常利用看粥锅的特权，不等米变得稀烂，盛起一碗来款待自己，就着炖烂的老咸菜，呼哧呼哧喝下，爽口得很。

　　我抢着烧火的原因中，有一点不可告人，那就是想吃锅巴。为了达到目的，我常常故意把火烧得过分。好几次，家里没有开饭，我便偷偷把饭扒开，直取锅巴——母亲是绝不允许的，说，不作兴，锅巴是"饭根"，先吃"饭根"要穷一辈子。父亲宽容，总是替我解围。父亲也很喜欢吃锅巴，他的胃不好，而锅巴据说很养胃。

　　每年的春节，是我们兄妹几个团聚的日子，父母格外高兴，早早备好了食物。这个时候，父亲总是一声不吭地静坐在灶膛前，做起了火头军。我们也想烧火，父亲不让，他怕火星子溅到我们的新衣服上。这个时候，我们才发现，父亲的棉袄是旧的，过了好几个年。

　　这几年，我们兄妹几个的日子如灶膛里的火焰渐渐红旺起来。可是，父亲的身体却每况愈下。特别是动了手术后，父亲更是虚弱得如石火风灯。一日，新来的邻居匆匆找我，说我家的烟囱正对着他新砌的房屋大门，不吉利，恳请我家把灶台拆掉——委屈的表情让人不忍拒绝。当时，我的父亲正值病情加重之际。

　　临终，父亲把我喊到床前，嘱咐我拆掉灶台，说，与人方便，自己方便。当晚，父亲就断了气。我尊重了父亲的意见。拆的前一天晚上，摸着温暖的灶台，我的心里有股说不出的滋味。

父亲"二七"的时候，灶台拆了。两个瓦匠，几分钟的时间，父亲曾经垒了整整一天的灶台被拆了。厨房里一下子变得空荡起来。拆之前，我用手机给灶台拍了张照片。我想把灶台留在记忆深处，连同我对父亲的思念。

母亲的职业

曾经困惑，为母亲的职业。这源于学生时代的一次填表。面对"母亲职业"一栏，我有些不知所措：母亲是农村户口，可生活在镇上；没有工作，但整天忙碌。看到我为难，班主任点拨了一下：填"家庭妇女"。我心里咯噔一下亮堂起来。从此，母亲的职业成了"家庭妇女"。

想想也对，大部分时间，母亲是猫在家里的，虽一刻不闲，但无非是锅碗灶台、缝补浆洗，做不了大事，称"家庭妇女"，再合适不过。我父亲才是做大事的，在镇上的农具厂工作，木工手艺出色，一把斧头养活了全家老小。每个月，到一定的时候，父亲会把揣在怀里的一沓旧钞票递给母亲。全家七口人，吃喝拉撒，都得靠母亲的统筹安排。母亲常说，"吃不穷，穿不穷，不会盘算一世穷。"母亲会精打细算，所以我们虽谈不上吃好穿好，但衣能遮体、食能果腹。暮秋的夜晚，我常常看到，昏黄的灯光下，母亲纳着鞋底。这时，风挟裹着寒气，吹在破旧的窗户上，发出呜呜的声音。

母亲身份是变化的，随着季节。稻子收割以后，许多船只会集结在粮管所码头，是送公粮的。这时，母亲便成了一名短工，每天和几个女人

（都是邻居）带上筛子，去粮站帮送公粮的农民筛稻，把瘪稻和泥沙去掉。粮管所的质检人员把关很严，送公粮，支援国家建设，自然要保质保量。天黑，母亲才拖着疲惫的身子回家。当时，一天的劳酬是一二十斤淘汰下来的稻子。聚起来，等积少成多，碾了，全家就有新米吃了。只是，碎米头多。母亲自有办法，过筛，把碎米头淘洗，磨成米粉，晒干后可以做成疙瘩、米饼，这可是那时的珍馐，有嚼劲，又很禁饿。

麦子成熟的时候，母亲会变成一个地道的农民，捡麦穗。我家是"半农半市"，粮食不够吃，只能"出此下策"。捡麦穗，要的是信息灵通，迟了，就被人捡光了。母亲一般天麻麻亮就出发，拿着蛇皮袋子，带点米饼做干粮。渴了，随便掬起一捧河里水，咕噜咕噜灌个饱。晚上才回来。捡回来的麦穗放在院子里，晒几天太阳，用滑溜溜的棒槌反复捶打，黄灿灿的麦粒就脱壳而出。十几天的辛劳，能换来百八十斤小麦和全家的笑容。

我有过一次跟在母亲后面捡麦穗的经历。凌晨三四点，我在梦中被母亲叫醒，蒙蒙眬眬跟着母亲走了出去。此时，月亮还挂在天上，依旧闪着皎洁的光芒。一路上狗吠不止，好在遇到几个志同道合的妇女。我们磕磕绊绊地走了四五里，终于，来到了一个叫"杀人垛"的地方。天有些亮了，垛子四面环水，萦绕的薄雾，像透明的棉絮。当时的我，懵懂顽皮，天不怕地不怕，脱光衣服，泅过河，把船放了过来。大家登上垛子，才发现垛上许多人正挥镰收割呢。我们不虚此行，满载而归，满满一蛇皮袋麦穗呢。随着联产承包和国家的政策变化，筛稻子捡麦穗成为历史，母亲也"下岗"了。很快，摇身一变，又成了菜农。菜地不大，品种不少。人勤地不懒，"春菜，夏瓜，秋萝卜"。由于母亲的精耕细作，菜地总有收获不完的蔬菜。

如今，父母已年逾古稀。父亲的退休金虽说少，毕竟还拿了三百元；母亲，一分没有，有的只能是儿女们的一片孝心了。相信，每个有了一些阅历的人都会同意：在这个世界，有一项工作最烦琐、最卑微、最无私、最不求回报，它的名字就叫"家庭妇女"。

父亲的力量

父亲天生的劳碌命，总是丢下斧头拿锯子，没有消停的时候。可越是忙，父亲越是笑嘻嘻的，甚至，嘴里还冷不丁冒出一句"咱们工人有力量"。父亲就会这一句，翻来覆去，像复读机。

这当然是几十年前的事了。那时的父亲，正值中年，身强力壮。作为一名锯木工人，正逢事业辉煌的时候。这也应了一句俗语：中年木匠，老年郎中。

父亲所在的农具厂在兴化北部有些名气，里面自然有父亲不小的贡献，这从父亲脸上自豪的笑容中可以看出。父亲是大师傅，标志是工资。他的工资是木工中最高的，多劳多得，有涨有落，就像潮水。这样也好，既符合社会主义分配原则，更符合我家实际情况：人口多，底子薄。

父亲和他的几个同事侍弄的是一台锯木机，挺大。一根硕大的带状锯条，转起来发出呜呜的声音，有些怕人。父亲大多站在锯子的上口，双手端着木头的顶端，慢慢往锯口里喂。锯木机是父亲和几个同事装的，连同旁边的行车。行车更是个庞然大物，像个火车头，在铁轨上行驶。锯大木头，离不开它。两三个人合抱的大木头，行车照样能服侍得滑滑滴滴。这当然需要七八个人通力合作，首先要利用杠杆原理，把大木头撬上去，然后，借助行车上的"机械手"来锯木。父亲是指挥者，挥动双手，吆喝着，就像一个红绿灯路口指挥着车辆的交警。

拿了工资回家，父亲会把一卷钞票递给母亲。母亲笑容满面，数了数，然后揣到兜里，解下身上的围裙，给父亲掸起灰来。父亲身上总是落满了锯末屑子，一抽打，纷纷扬扬，像遭遇了一场大雪。掸着掸着，母亲便来了气，嘴里面嘟哝起来：灰堆里爬出来的，真是个讨饭交易！母亲的怨气全落在手臂上，慢慢加大了力度。随着手臂的翻飞，母亲的怨气就像父亲身上的锯木屑子，纷纷落在地上，不见了。等母亲的怨气跑得无影无踪，父亲的身上也算干净了。

父亲工作的时候，我们喜欢站在旁边看——反正上学也不打紧，要紧的是捡木材。锯木机旁边废弃的木材多的是，家里的灶膛正等着呢。那时，煤炭供应紧张，只能想些"歪门邪道"。所以，锯木机旁边总是站满了闲人，虎视眈眈。

那绝对是个近水楼台先得月的年代：在食品站工作的，家里的鱼啊肉的总是不缺；在酱厂里工作的，家里永远有酱瓣和萝卜干子；我家最不缺的自然是灶膛烧的木材。常常，一笆斗一笆斗往家抬，让我家的邻居有些眼红。我们总是有意无意地把灶火烧过头，米饭下面会产生一层厚厚的锅巴，黄灿灿的，很脆，很香，成了我那时的零食。

我记不清父亲厂里的生意什么时候开始清淡的，因为这是个渐变的过程。人挪活，树挪死。父亲昔日的同事，头脑活络的改了行，不少做生意去了，不改行的也是身在曹营心在汉，三天打鱼两天晒网。专门负责挫锯子的，也当起了逃兵。父亲没有办法，只能身兼二职，自学挫锯。父亲奉行"手艺是活宝，走遍天下饿不倒"的古训，平时多留了心眼，学起来也快。挫锯需要钳工技艺，砂轮打磨，断锯接合，很不容易。

未等我大学毕业，父亲的工厂就彻底关门。当时，我的弟弟还在读书，那是家里最为艰苦的时候。父亲决定重操旧业，拾起斧头，接些木工活。但，这只能是一厢情愿。父亲虽然手艺不错，打的家具结实、耐用，但是式样老套，跟不上形势。再说，父亲也六十的人了，而木匠，很大程度上还是靠力气讲话的。

有一天，我家院子里停了一辆自行车，一位穿中山装的陌生人，提着两包茶食来找父亲。一番聊天得知，此人是盐城丁沙沟锯木厂的，特地请父亲出山。他们厂为一个大家具厂加工木头，生意很好——差个挫锯子的。父亲二话没说，赶紧应承下来。只是，丁沙沟离家20多里，而父亲连骑自行车都不会。

父亲以他60岁的年纪，花了两天时间，终于驯服了家里一辆半旧的永久牌自行车。于是，父亲把车擦拭一遍，又往车轴里加了些润滑油，便向丁沙沟出发了。隔三岔五，父亲就骑着车子回家——家里还有些杂活呢。父亲回来的时候，总是驮些废木料。随着父亲车技的提高，废木材也越驮越多。

记得，有一年快过年了，大雪下了好几天，也许是路不好走，父亲迟迟没有回来。镇上的人家已经热火朝天地炒起花生瓜子，性急的人家甚至已经贴上春联，小镇洋溢着喜庆的气氛。母亲有些埋怨，絮絮叨叨，站在巷子口不停地张望。

终于，腊月二十九，父亲冒着一天的风雪回家了，车上驮了两捆木材。寒风里的父亲俨然成了雪人。我的鼻子一酸，心里却感受到了一股力量，一股不向生活低头和屈服的力量。此时的母亲，表情很是暧昧，看不出是哭是笑，飞快地解下身上的围裙，狠狠地抽打着父亲，雪花从父亲的身上溅飞开来，就像当年锯木厂那溅飞的木屑。

母亲养猫记

没有想到，母亲养起了猫。

对于母亲这个爱好，我举双手支持。我们弟兄几个在外工作，回家不多，养猫能使母亲的生活更丰富多彩，老有所乐，何乐而不为呢。

事情全然不是我所想象的，母亲没有这样的雅趣，养猫是万不得已：家里的"四姑娘"太多了。"四姑娘"是母亲对老鼠的称呼。母亲对老鼠从不直呼其名，特别是大早上，说这样不吉利。家里的老鼠不仅多，而且胆大，肆无忌惮，大白天照样招摇追逐，全不把母亲放在眼里，纱门纱窗甚至衣服常被咬得千疮百孔。

深受鼠害的母亲自然想到了猫。猫是野猫，流浪猫，居无定所，我们家屋旁的芦苇丛常有出没。母亲用鱼汤拌饭笼络它们。于是，野猫纷至沓来，走马灯似的，有的在芦苇丛边还谈起了恋爱。野猫发情时，喊叫声凄厉无比，虽不好听，但对老鼠却起到震慑作用，家里的老鼠顿时老实安静多了。

终于，一只体形硕大的花猫在这定居了。这只猫，母亲起名叫"花脸"。花脸身上的毛色黄白相杂，脸上一半黄一半白。不久，母亲发现，花脸怀孕了，挺着个大肚子，走起路来，雄赳赳气昂昂的，颇有些官相。怀了孕的花脸食量很大，一大碗鱼汤拌饭能舔得干干净净。好在，那时的鱼还不算很贵，母亲常常买些小杂鱼，烧了鱼汤，给花脸补充营养。

很快，母亲便有了成就感——花脸产仔了，一窝四个。母亲给四个小猫起了名字：小雪一身白毛，小黑一身黑毛，小花身上有着豹纹，小姐则娇嫩小巧。相比较而言，母亲最喜欢的还是小雪。小雪漂亮，个子大，长得快。更重要的是，母亲曾亲眼看到过小雪抓过一只老鼠。

喂猫食，成了母亲的日课。我曾看过几只小猫争食的场面，温馨而热闹。"早喂猫，晚喂狗。"晚上，母亲尽量不喂，饿着肚子的猫才能逮老鼠。猫们也很争气，特别是它们的妈妈花脸。花脸曾和一只大老鼠单挑过。老鼠的个头不小。战斗以花脸的胜利告终。花脸还显摆似的在母亲面前把大老鼠逗弄了好一阵。母亲狠狠奖励了花脸和它的团队，奖品是一碟小鱼。那段时间，家里的老鼠销声匿迹。后来，花脸在外面误食了有毒馅的食物，一命呜呼。母亲为此悲伤了好几天。

母亲曾说过一个故事。从前有一个小村子，村子里一户人家养着一条黑狗，看家护院。一次发洪水，村子因为地势低洼被淹没。黑狗白天游到镇上去找吃的，晚上又游回村上，继续看守家院。如此，直到洪水消退。母亲故事的结论是狗很忠诚。我知道，母亲是醉翁之意不在酒，它是用狗来佐证猫的。狗是忠臣，而猫则是奸臣。这畜生容易忘恩负义，有奶便是娘。

不久，母亲的话果然应验了。因为我家西边修了一条大路，芦苇被砍伐殆尽。没有了藏匿之所，几只小猫便作鸟兽散，无影无踪。得空，母亲常常在镇上寻找，逢人就说猫的模样。奇怪的是，猫们好像集体蒸发了。

没有了猫，家里的"四姑娘"又开始猖獗了。失落的母亲，总是把吃剩的饭菜倒进垃圾桶里。一天，心血来潮，母亲把一碗盛有鱼汤拌饭的碗放在大路边。过了一段时间，终于走来一只猫，目光忧郁，怯生生的，老远地坐着看着。

这只猫，浑身雪白，没有杂色。这是小雪！母亲十分肯定。小雪的肚子是瘪的，很瘦，浑身的毛没有以前光亮，也没有以前齐整。走到破碗旁的小雪先是慢慢吃着，接着就狼吞虎咽——看来是饿坏了。母亲远远地站着，看着，嘴里小声嘀咕：你这个奸臣，你这个奸臣，死哪儿去的？看来，母亲很生气。

气归气，母亲却眼含泪花，一脸微笑。

父亲的烟瘾

父亲嗜烟。

我不清楚父亲当初怎么就"学坏"的。但我敢肯定，这和他的职业有关系。

作家毕飞宇说过，"一棵树，高大，茂密，无数的鸟围绕着它，它最终变成了堂屋里的一张八仙桌。这个魔术是谁变的呢？"是啊，谁变的呢？我的父亲。

父亲是个犁木匠，专门做耕地的木犁。父亲19岁出师，跟在师傅后面学了6个月，一个学期多一点，这可能是我们镇木匠这个行当里最快的纪录了。出师意味着可以支灶单过，另立门户。但师傅把父亲挽留了下来，60元的工资，当然，还有对父亲的尊重：每天一包烟。某种程度上，抽烟是身份的标志，是大师傅才有的做派——你看过哪个愣头青徒弟在师傅跟前吞云吐雾的？不被师傅骂死才怪呢。

出色的木匠必须有一个好使的脑袋瓜。有些初学者，不明就里，仗着年轻气盛，身高力大，什么也不放在眼里。这个时候，师傅会让你冷静冷静，捺捺你的性子：你力气大嘛，好的，我看你大得过牛？让你成天拉大锯。等把你的性子捺下去，你也就明白了，仅仅靠蛮力是做不成木匠的。抽烟，正好体现了木匠这个行当的一个重要方面：思考。父亲很"巧"，除了做犁，还会做家具、箍澡桶、砌房上梁，这当然不是抽烟抽出来的，但至少离不开"思考"，父亲思考时喜欢抽烟，就这么简单。

父亲烟瘾大和他在锯木厂的经历有关。父亲是厂里的顶梁柱。那时的锯木厂名气大，小镇周边甚至盐城人，都把木头运到父亲的锯木厂，有些是几个人才能合抱的大家伙，父亲和他的同事们照样能放倒，锯出一张张平整的木板来。顾客表达感激的方式是分烟，父亲每天接到的卷烟，少说有四五十支。

父亲戒过烟。一次坐在床上抽烟，父亲不小心把被头烧了两个洞。母亲发现，絮叨不止。在父亲的口袋里母亲找到了作案工具：一包火柴和一个软瘪瘪的烟壳，两根卷烟，自惭形秽地缩在里面。铁证如山。父亲说，我戒吧，不抽了。嗑了两天的葵瓜子，父亲还是没有挣脱烟瘾，整个人病怏怏的，无精打采，干活也有气无力。母亲一看，慌了，一家人指望着父亲干活赚钱呢。母亲溜出去买了一包"大运河"，朝父亲跟前一扔：抽吧，抽吧，唉，偷鸡不成蚀把米。从此，我再也没有见过父亲戒烟。

饭后的父亲，会点上一支烟，在云雾缭绕里眯着眼睛想着什么。母亲是不许我们抽烟的，她为父亲辩护：父亲是手艺人，不抽烟，怎么有歇口气的理由呢？高兴不高兴，父亲都喜欢用抽烟的形式来表达。我高考落榜，父亲一言不发，抽烟不止。我考上大学，父亲还是一言不发，一支接一支地抽，只是，脸上多了一丝掩饰不住的笑意。在扬州读大学时，缺钱我就写封信回家，家里的日子过得再紧巴，也会在第一时间把钱汇给我。大二的下学期，快放寒假了，我收到父亲寄给我的 30 元钱还有一封信。父亲是第一次给我写信，多半是繁体字，叮嘱我要好好读书，注意身体，千万不要学着抽烟。信写了满满一张。父亲小学毕业，我不知道他写这封信花去多长时间。我仔细闻了闻，信纸上隐约有一股烟味。

工作以后，我给父亲也买过几次香烟，几十元一条的黄果树、红杉树之类，父亲很高兴。父亲说，戒酒戒头一盅，戒烟戒头一口。这对我们教育很大，我们弟兄中几个没有一个抽烟的。因为家里困难，退休后的父亲一直在外奔波，直到做不动才回到老家。我最后一次看到父亲抽烟，是在他去世前的两个月，当时的父亲已经极度虚弱，一包用来待客的"红南京"，父亲掏出一支，点上，抽了两口，看见我，赶紧又掐了。

　　父亲去世后，每年的清明，去父亲坟前烧纸，母亲总记着带几支卷烟。烧完纸，母亲会对我说，给你爹点上一支烟吧，烟瘾犯了，他会难过的。

　　我跪下来，磕过头，小心划着火柴，点上烟，吸了两口，恭敬地放到父亲的碑前。卷烟没有熄掉，烟雾如一条顽皮的小蛇，升腾着、缭绕着，像我们对父亲的思念，剪不断。

一个人会有好几个名字

对待名字，父亲的态度是严肃的。虽说字写得不咋的，但碰上写自己的名字，父亲还是会慢下来，一笔一画，横平竖直，没有半点的潦草。上大学时，我收到过父亲的两封信，信封的右下角，父亲都工整地写着自己的大名，紧跟名字后面的是一个"缄"字。

其实，在我们镇，写自己大名的机会并不是很多。一个人会有好多个名字，身份证上的是大名，也就上学就业结婚还有去银行时用用，平时，大家彼此呼来唤去的尽是那些土里土气的名字，比如"王驼子""李大胖子""张瘦巴子"，比如"程烧饼""邹海货""徐铁匠"等。

镇上人一般喊我的父亲是"陆师傅"或者"大师傅"。一个木匠，被人称为大师傅，这是件荣耀的事情。荣耀来自于实力，而实力靠的是手里的斧头：一阵叮叮咣咣，滚圆的木头就能变成一张张漂亮的桌凳和椅子。

作为一名木匠，父亲的基本功扎实。年轻时，十多米长、碗口粗的杉木，父亲能用锯子一剖两开，从头到尾，不偏不倚，不左不右。除了锯功，父亲的刨功也很了得，再凹凸不平的木板也能让它光滑平整，摸上去就像孩子的肌肤。俗话说，"木匠怕漆匠，漆匠怕光亮"，父亲不仅不怕漆匠，还让漆匠敬佩。而且，父亲多才多艺，自己就能做漆匠。

土葬的年代，在小镇，衡量一个木匠被人尊重的程度是看有没有人请你做寿材。许多上了岁数的人，会用自己积蓄早早做好寿材（给活人做的棺材）。他们在原料上讲究，会选择上好的柏木；做工上的自然也不含糊，木匠的手艺要好，人品要好——谁也不会对自己另一个世界里的房屋开半点玩笑。父亲是小镇老人做寿材的热门人选。冬天里，父亲更是忙碌。寒风收拾了一茬一茬的老人，父亲要给他们做棺材呢。

50年前的一个大冷天。半夜，我的哥哥——父亲的大儿子得了疾病，嘴唇乌紫，浑身发热。父亲抱着儿子，来到了小镇最有名气的郎中曹南春家。当时的曹老先生已年近八旬，没有半夜就诊的先例，更何况外面寒风凛冽呢。没想到，父亲自报完家门，曹老先生很快开了门，望闻问切，开方抓药，吩咐我的父亲，孩子服药后出汗就会好，不出汗就凶多吉少，准备后事。回到家，父亲赶紧煎药喂服，用两床被子把儿子浑身上下捂得严严实实。汗终于出来了……问起当初曹先生开门的原因，父亲表情颇有些得意：老爷子指望我给他做寿材呢……

父亲退休后，在扬州一个锯木厂打工。锯木厂在一条水泥大船上，20多吨，泊在扬州解放桥、渡江桥附近，船上差个挫锯子的人，老板请我的父亲过去帮忙。父亲会挫锯子，自学成才，水平和他木匠水平一样高。锯木厂原先有个挫锯子的，姓谭，兴化人，虽说人高马大，做事却不利索，生意一火便手忙脚乱，挫的锯条赶不上用。父亲的加盟，让谭师傅一阵紧张，担心被炒了鱿鱼——谭师傅没有其他收入，儿子又忤逆。父亲跟锯木厂的老板提出了他留在船上的唯一条件：不要辞退谭师傅。老板答应了父亲的要求。父亲的加入，让锯木厂业务量陡增。后来，考虑到离家太远，而我的母亲身体又不是太好，在扬州漂泊了近两年的父亲踏上了回家的路途。临行前，谭师傅抓住我父亲的手说，陆师傅是好人，陆师傅是好人。

回家后的父亲，正赶上镇上重建隆兴寺。嵌进寺庙墙里的汉白玉的

"功德碑"就是父亲的杰作。功德碑上刻着几百位捐款建庙的人的姓名，密密麻麻。当初，筹建者曾花大工钱请来专门的工匠来雕刻，不知道是功力不够还是心浮气躁，錾的时候，石块崩裂了好几块，糟蹋了不少料子。有人想到了我的父亲。父亲答应试试。戴上老花镜，父亲一手拿锤，一手拿錾，一蹲就是半天。10天时间，大功告成，没有錾坏一块。这是义务劳动，父亲没有拿一分钱。父亲知道，他是在做好事，做好事能赢得好名声。

"人走，名字是不会走的，"父亲说，"它们会留在镇上，寿命比人还要长。"

一语成谶。父亲终于走了。他失去效用的身份证，不知被母亲放在了哪个角落，再也找寻不到。倒是父亲遗落在镇上的另外两个名字，依旧活着，时不时地，从人们的嘴里溜出来：一个是"大师傅"，一个是"好人"。

我认识那座墓

　　我认识那座墓。那座墓应该也认识我。我熟悉它就像熟悉我的父亲。它的碑上刻了几个字，瓷砖上豁了几个小口，我一清二楚。

　　尽管如此，每次去墓园，母亲都要叮嘱我，她怕我认错了墓。母亲做了记号，她在墓前放了两块半截的砖头。母亲忘了，他的儿子是识字的，而墓碑上镌刻着父亲的大名呢。

　　母亲叮嘱有她的理由：上错了坟，相当于寄钱给人却写错了姓名，钱被别人领走，自己还白忙活一场。没了钱，父亲的日子怎么过呢。在母亲的眼里，父亲的世界跟我们没有两样：吃饭花钱，抽烟花钱，剃头洗澡同样花钱。

　　那座墓是父亲去世前三年买的。当时，母亲跟父亲商量：买吧，早晚的事，躲不掉的。父亲说：也好，一大把岁数了，说不准哪天腿子一伸归天呢，买吧，都涨到1000元了。父亲母亲怕墓地涨价，他们恐慌的神情，就像我当年恐慌房子涨价一样。

　　父亲终于买到了墓地，500块。凭良心说，这是个优惠价。墓园的土地越来越少了，边边角角都利用起来，还是供不应求。生前，父亲现场考察过自己的坟墓：坐北朝南，西边不远处就是一条小河，河边站着几棵高大的意杨。父亲说，树环水抱，好，好。三年后，父亲搬到了这里。从此，孤零零的，和我们阴阳两隔。

母亲迷信。她对父亲那个世界的关心比现实还要多。她多方打探，父亲在那个世界经营着什么行当。她不希望父亲再做木匠，又苦又累，还挣不了几个钱。母亲经常做梦，梦见父亲找她，说手头紧，没钱买烟了。母亲一着急就醒了。父亲做了60年的木匠，苦了一辈子，也穷了一辈子。等我们兄妹几个境况略有好转的时候，他却一声不吭，悄悄去了另一个世界。现在，另一个世界的父亲，依旧为钱发愁，这让母亲怎么能不着急呢。

母亲有办法。她会在每个固定的日子给父亲汇款：烧纸钱、烧元宝、烧金条。元宝是用锡箔折的；金条就是麦秸秆，半尺长。麦秸秆变成金条靠的是时间，每一根都需要念一遍心经。母亲有她的计算公式，多少金条相当于多少元宝，多少元宝相当于多少纸钱。金条最贵，元宝次之。平时，母亲最重要的工作就是念经、折元宝。我估计，另一个世界里的父亲，肯定是属于先富起来的人。

父亲去世后的第二年，他坟墓的后面，新竖起几十座两米多高的坟墓，相对于父亲的"小屋"，这些可是"别墅"，没有三四万元拿不下来。这些鲜亮高大的别墅，用了不少上好的石材，墓碑上还有碑联：比如"德行感桑梓，品节昭后人"；"父恩深似海，母德重如山"；等等。别墅尽管贵，却是限量版，供不应求。我的一位本家叔子费了好大的力气才买到。看看亮丽的别墅，再看看父亲那有些灰暗的小屋，母亲的脸色刷地变了。母亲有了心事，这个心事又不好说出来，她只能憋在心里。吃不好，睡不好。

憋久了，母亲的嘴里有意无意会嘣出一个词来："威武。"我的本家叔子威武。我的邻居威武。连以前大家不喜欢的大头也威武。大头年轻时，打架斗殴，父母为他操心不少。后来，大头在苏南创业，发了大财。大头回家做的第一件事，就是买个墓地，给他的父亲母亲。大头家的坟墓高大气势。母亲小声嘀咕：能有大头家那样的坟墓就好了。

　　母亲自然是说说而已，但已经让我尴尬。说实话，我对别墅没有兴趣，毕竟，尘世里的母亲远比天堂里的父亲重要得多。再说，父亲节俭了一辈子，如此花钱，他也不会同意的。我告诉母亲，那边的世界缥缈虚幻，照顾好自己、快乐地活着，才是对父亲的最好交代。"我得好好活着。"母亲说。她听懂了我的意思。

　　菜花黄了，我必须回去。那座墓在等着我。上坟的规矩真多，母亲在我的耳边唠叨了半天。两个妹妹已经按照母亲的指令烧好了菜：豆腐青菜、红烧肉、红烧鱼。还备了瓶酒。等我们把菜送到了父亲墓前的时候，母亲跟来了。她的腰驼得厉害，腿脚又不便，却总是不放心。母亲走过来，三下两下，把父亲墓旁的杂草拔得精光。望着老态龙钟的母亲，我有些担心，她还能跟到这里多少年，五年，十年？

　　摆好饭菜，斟好酒，我们齐刷刷地跪了下来。父亲高不盈尺的坟墓，瞬间高大宏伟起来。烟雾里，我们依稀看到了父亲：他的脸容，他的大手，他抽烟的样子……

　　我不知道，天堂里的父亲有没有收到母亲的汇款。但我知道，那座我认识的坟墓，父亲一样卑微的坟墓，不会孤独，也不会荒芜。

购 房 记

假如不是刚需，我恐怕不会选择这个时候买房。女儿工作了，我没有本事让女儿工作的地点靠近家，只能把"家"搬到靠近她工作的地方。

我有过三次购房的经历。第一次是在兴化老家，房主是我的同学。因为我的粗心，被房主忽悠走了五千元，同窗之谊顷刻间化为乌有。第二次购房，是我刚到泰州的时候，长了记性的我格外小心谨慎，总算没犯什么错误。可是，房主在房款交付完毕后还是拖拖拉拉不肯交房。后来，我的老乡出面通融，付完尾款拿到钥匙，我发现，挺好的铝合金晾衣架被拆走了。两次买房，如同梦魇。

第三次买房，我肯定要谨慎。我先从网上研究泰州的房产，时不时现场考察。我把目光瞄向了二手房，成熟一点的小区，生活设施会全面一些。再说，二手房的装潢任务小，不会操太多的心。不过，二手房要花力气淘，鱼龙混杂的二手房市场，找出一套价廉物美的并非易事。一番考察研究，我把目光投向了汽车南站附近的西湖翠苑，楼层锁定三楼以下。

西湖翠苑房子的质量不错，不算旧，又超过五年，可以免营业税。小区的位置和环境不错，物管还算给力。小区绿化很好，特别是小区中心的小公园，有水，有石，有树，有草，漫步其中，就感觉到了西子湖畔。

我找了一家比较正规的中介，不仅是因为他们房源充足，更重要的是我指望着他们能规范操作，让我省心。房子的产权、过户、贷款等问题，我一窍不通，需要一位顾问。经纪人小翁很是热情，他用守时赢得了我的好感。我先看了两套三室的，都不错，大户型，结构合理，三个房间朝南。其中，一套客厅朝东，另外一套客厅朝西。朝西的一套有个汽车库，弥补了它的不足。应该说，这两套房子我都很满意。不过，两位女房东行色匆匆，一副日理万机不差钱的样子，立马给了我一个下马威。我估计是看房人太多了，光打雷不下雨，她们也疲倦了。两位女房东约好似的，一看到我就不停自言自语，内容大概是她们是因为买了新房子，才把这房子处理掉的，她们对旧房子还有无限的深情。显然，她们是在用这种方式堵住我的嘴，不让我还价。

"价……价格可以商量吗？"

"除了价格，什么都可以商量。嘿，我这房子价格一松早就飞了，还轮到你？"

"……"

两位女房主对我还价的态度如出一辙，语气斩钉截铁，咄咄逼人。经纪人见状把我拉到一边，让我再看看小区里的其他房子。

我又看了几套，价格还能接受，但房子都有硬伤，不是楼层就是户型，我有些沮丧。突然，小翁告诉我，有个四楼的去看看吧？你也许合适。抱着随便看看的态度我进了房主的门。看见我，房主的眼睛一亮，一讲话暴露了他的老家，我们居然是老乡。老乡，当然要聊上几句。房主姓解，他是帮儿子"看"房子的，儿子儿媳到了上海工作，要在上海买房，泰州的房子理所当然要卖掉。相比前面两位女房主的老练精明，老解却憨厚耿直了许多。临走时，老解说了一句，价格可以商量。转过身，我看到了老解的目光，诚恳、期盼。我告诉他，我们是老乡，当然会优先考虑。心里面，我有些纠结：四楼，高了些。

回到家，我主持召开了家庭会议。没想到，妻子看中的却是老解的四楼，态度坚定。我骑着车子，到老解的房子附近又"侦察"了一遍：房子的地理位置比前面两套好，虽然是四楼，但靠近小区的大门。妻子的见解有道理，老解的房子虽然是简装，但不花哨，适合二次装潢，地砖地板和门套的质量很好。最根本的，价格上，老解不会胡来，可以再还价。我找到小翁，决定买下老解的房子，让老解再降两万元。老解爽气地答应了。很快，我们签订了购房协议。130平方米的房子，74万元成交。房子三室两厅两卫，三个房间全部朝南，客厅朝东，没有遮挡，超大落地窗，采光很好。房子的小环境相当幽静，楼的周围，栽着一圈的桂树，开满又白又黄的小花，清香扑鼻。

签完合同，老解催促儿子儿媳从上海赶回，协助我做好过户工作——这套房子的真正主人是老解的儿子。很快，我的贷款下来了，老解也收拾好了，随时准备搬家。交接的时候，水电费物业费我们三句两句就谈妥了。顺利地拿到房子，简单装潢刷白，添置了东西，房子一下靓丽起来，就像一位蓬头垢面的美女，梳理打扮之后露出了真容。

老解搬到了兴化，我们偶尔还电话联系着。只要是咨询有关房子的情况，老解知无不言，言无不尽。老解约我，什么时候到兴化一起喝酒，边喝边聊。我爽快地答应了。

辛苦奔波了一个月，住进了宽敞明亮的新房，心情自然是舒畅的。让我更舒畅的是多了一个老解这样的朋友，这是一个非常爽气和痛快的人。

两个螺的妻子

妻子有双另类的手，粗糙，手背又黄又黑，手指粗壮硬实，摸上去有些扎手。春夏秋三季还好，一到冬天，妻子的手指头会莫名其妙地裂口子，不得不用胶布缠着，左一道右一道。累累"伤痕"，让我不忍目睹。

和妻子的手形成对照的则是我的手，柔弱细嫩，主人绝不像是一位正儿八经的爷们。心血来潮，我会和妻子把手放在一起比较，妻子的手总是畏畏缩缩，自惭形秽。妻子常常自嘲，说她苦命，苦就苦在这双手上。妻子"研究"过手相，指头上螺的多少，关乎着人的命运，很灵。妻子有一套不知从哪里听来的口诀："一螺巧，二螺做，三螺四螺把笔算，五螺六螺骑大马，七螺八螺把官做，九螺十螺讨饭货。"妻子有两个螺，"做"的命。

妻子认命。每天一大早，不等闹钟提醒，她会一骨碌起床，迎接她的是一大桶脏衣服。搓衣板、洗衣粉是妻子每天起床后第一要查点的东西。妻子很少用洗衣机，理由简单，手洗的衣服干净。妻子洗衣的动作娴熟，搓、揉、拧，一气呵成。等妻子把一大堆衣服洗汰干净，晾晒完毕，离她上班的时间就不远了。

我和妻子分居两地。我在城里，她在乡下。往返于城市和乡下的妻子，除了要做好自己的工作，还要解决好两头的家务活，辛苦自不待言。妻子寄居在娘家。娘家是个大家庭，家务活少不了，妻子责无旁贷。

妻子能吃苦，从无怨言。几年前，妻子曾在泰州一家新药店打过工。药店开张前，打扫卫生，妻子被安排擦窗户——20多平方米、被涂得乱七八糟的玻璃窗，工作量可想而知。初来乍到，妻子不敢怠慢。两天时间，妻子硬是把窗户擦得亮亮堂堂，一尘不染。一旁的我，惊呆了。看着妻子粗糙的手，我眼里酸酸的，差点掉下眼泪。

家务活再多，妻子也不会耽搁工作。单位工作标兵的评选，妻子常常得票很多。倒是我，在城里，一个人的日子，缺少了监督，做事有些马虎，家里更是弄得乱七八糟，像个鸡窝。妻子回家，免不了要训斥我，但训斥归训斥，她的手不停，扫、拖、抹、洗，个把小时，简陋的居室立马又变得整洁亮堂起来。

在家，妻子闲不住。实在没事了，就坐在一旁，安静地打毛衣。让我没想到的是，两个螺的妻子手也很巧，织毛衣的水平相当高，各种款式烂熟于心。妻子的女同事常常打电话到我家咨询。更让我惊奇的是，妻子烧菜水平也突飞猛进，好像是一夜之间，妻子变成了一名大厨。也许是我一个人经常将就的缘故，妻子的菜总让我胃口大开。有段时间，妻子的手上出现了很多"老人斑"，我有些吃惊。妻子解释，没事，是烧菜时炸出的油花溅在了上面。

妻子的勤劳，多多少少是受我丈母娘的影响。我的丈母娘很普通，却是天底下最乐观勤劳的女人，一天到晚总是手不停脚不住。不是围着灶台，演奏着锅碗瓢盆交响曲，就是戴上针箍，眯着眼睛，鼓捣着针线活。丈母娘的手跟她女儿一样巧，她擅长做虎鞋，做的虎鞋有模有样，神形兼备。端午节前，免不了亲友请她帮忙，丈母娘是不好意思拒绝的。不出三天，一双漂漂亮亮的虎鞋就会出现在亲友的眼前……

每次，看到妻子和丈母娘一起奋力洗衣的情景，我的脑海里总会闪出一个奇怪的念头：我的丈母娘会不会也是两个螺？我不知道，也没有问。但我想起了人们常说的一句话，"娶妻还看丈母娘"，有道理。

女儿的葫芦丝

　　家里很久听不到美妙的葫芦丝了。两个葫芦丝成了一对闷葫芦，一声不响地挂在墙上。葫芦丝的主人是我的女儿。大一，女儿打算利用课余时间学个小乐器，征求我意见的时候，我毫不犹豫地说，葫芦丝。

　　说不出理由，或许，我有一种葫芦丝情结吧。在泰州金田路，我曾看到过一个少数民族装扮的汉子，身上背满了大大小小的葫芦丝。汉子娴熟地吹着葫芦丝，悠扬绵长，一会儿《婚誓》，一会儿《月光下的凤尾竹》。我掏出80元买了一个。汉子简单介绍完葫芦丝的常识，我心领神会。回到家，摆弄了好半天也没摸到窍门，最后，冷落多时的葫芦丝被亲戚的孩子拿走做了玩具。不过，至今，那汉子演奏的美妙旋律还一直在我的耳边飘荡。

　　女儿学的是幼儿师范，吹拉弹唱，都要会点。在追求音乐的路上，女儿是辛苦的，毕竟她的底子是一穷二白。让我没想到的是，女儿葫芦丝吹得很棒，十级考试也很快通过。那时候，女儿葫芦丝随身携带，有空就练。女儿吹奏的第一首曲子是幽怨缠绵的《望春风》。慢慢地，会的曲子多了，《月光下的凤尾竹》《欢乐的泼水节》《金色的孔雀》《牧歌》……女儿干劲足的时候，一口气能吹上四五首。

树大招风。葫芦丝的声音给女儿引来了第一个"徒弟"——女儿的表弟，一个上六年级的调皮男孩。两串葡萄，算是拜师的礼品。在师傅的指导下，徒弟的小脸憋得通红，终于吹出了声响。师傅不慌不忙，让徒弟从基础练起，熟悉每一个音，练好每一个音。慢慢地，徒弟感到枯燥乏味，想溜之大吉。师傅不答应，猛地发飙：不行，站一边去！看着师傅板着脸的样子，徒弟乖乖站在旁边，毕恭毕敬。严师出高徒，没几天，徒弟居然在我面前完整地吹起了《卖报歌》，小脑袋晃悠得有模有样。

大四，女儿的葫芦丝真的丢到了"姥姥家"，她要轻装上阵——考编制。这是华山论剑，拼命才行。要看的书太多，教育理论、专业知识，一样也不能落下。才艺展示指定的是钢琴，葫芦丝自然不会碰了。我记不清女儿考了几个地方，行色匆匆，考完一场忙着准备下一场。还好，结局是圆满的。对于我们这样的普通家庭来说，孩子有个稳定工作就行。我心里的一块石头总算落了地。

此后，我开始畅想女儿工作的情景，那是幸福而诗意的：阳光灿烂，一大群粉嘟嘟面孔的孩子坐在四周，老师唱一句，孩子们跟着唱一句。唱"太阳光，金亮亮，雄鸡唱三唱"，也唱"太阳当空照，花儿对我笑"。偶尔，老师变魔术似的掏出葫芦丝，吹奏起儿歌，孩子们都沉醉了……

很快，我发现了我的"幼稚"。每天下班回家，女儿总是拖着疲惫的身子，坐到沙发上，便不想再起来。女儿工作的地点在城乡结合部，园里师资匮乏，还没有专门的生活老师，因此每位老师工作量都很大：拖地、抹桌子、布置教室，什么都干。一次不小心，走在刚拖过的地上，女儿滑倒了，屁股着地，尾骨脱臼，休息一个星期才恢复正常。学校组织体检，贫血，还胃下垂，急需调理、静养。对此，女儿多少有些焦躁不安，我赶忙劝慰："都这样，做一行，怨一行，慢慢会适应的。再说，不是还有漫长的暑假吗？"

暑假终于来了，我对女儿说，好好休息，无聊就把葫芦丝拾掇拾掇。没想到，女儿一脸沮丧：暑假要加班呢。原来，部分家长请求，孩子要继续留在幼儿园 20 天。幼儿园急家长之急，只能让教师的暑假缩水。还好，毕竟是部分学生，工作比平时轻松多了。

前几天，女儿把挂着的葫芦丝取了下来，擦拭一番。我有些诧异，问了才知道，原来是女儿大学的闺蜜要结婚，婚礼现场要安排女儿表演才艺，她想来一首葫芦丝。

我笑笑，建议她吹《婚誓》。心里还替女儿担心：拳不离手，曲不离口——搁置了这么久，还能吹好吗？

第二辑

虹桥听书

古镇码头

立夏一过，太阳便耍起了蛮劲，空气变得越发地煦暖，性急的人早已穿上单衣薄裤。

河边，光着脚的三个少年，裤管卷得老高，弯腰埋头，在水里慢慢行走，寻找着什么，不时，传来阵阵惊喜的叫声。终于，少年们洗了洗脚，穿上布鞋，坐下来展示起自己的收获：一位少年拿着几枚锈蚀的铜钱，其中一枚上面，"光绪通宝"四字清晰可见；一位少年手掌里躺着一枚有"十文"字样的铜板，喜气洋洋；最后一位少年两手空空，显得有些失落，在羡慕同伴的同时感叹自己运气不好……

这是1975年，当时的兴化县大邹公社大码头北边河岸发生的真实的一幕。没有捡到宝贝的那个少年就是我。"寻宝队"领头的叫顾文亮，家住大码头北边不远。每年秋冬退水之时，喜欢在裸露出来的河床上玩耍的顾文亮常常在破碎的砖瓦间发现铜板，日积月累，竟攒了好几十枚。他把一摞子有大有小的铜板带到学校，在同学面前炫耀显摆，得意的神情好像是考了班上的第一名——要知道，那个时代，少年们最喜欢玩的就是滚铜板。

顾文亮的发现，引起了许多喜欢滚铜板的少年的兴趣，他们来到大码头附近的河边寻宝，很少空手而归，找到一两枚铜钱、铜板司空见惯。小镇的先辈们很慷慨，在河里留下了不少"纪念品"。盛夏，摸河蚌的孩子，如果水性好，能在河中间扎一个猛子，半天才露出头来，拿上来的除了河蚌，误打误撞地还抓上来一两块铜板。我曾经看到有人摸到过一个铜铃铛，精巧无比，摇之，清脆响亮。镇上阅历丰富的老人说那是渔民用来坠网的。

这座名叫大邹的镇子，不大，历史却和它旁边的渭水河一样的悠长，能上溯至元朝，是兴化有名的十大古镇之一。因为兴盐、渭水这南北二溪环绕古镇，大邹故而又被称为"双溪"。和兴化其他古镇一样，大邹开门见水，出门坐船。有水，自然得有码头。码头在小镇大街的最东头，习惯称为"东码头"。这里是河流的交汇点，河面呈倒"丁"字形，水面开阔、水深坡陡，作码头，再好不过。很久以来，码头一直是小镇的核心，一年四季忙碌、喧闹、繁华。极盛时期，商贾云集、帆樯如林。岸上的商铺，一家挨一家：蛋行、米行、布行、菜行、酱行、竹行、草行、染坊、糖坊、炕坊、豆腐坊……码头边，泊满了来自县内外的商船、运输船、打鱼船以及铜匠、锡匠、补锅匠的生意船，当然，还有十多班的帮船，客货两用，有兴化班、大冈班、安丰班、中堡班、泰州班、沙沟班等。码头真正是"夜泊百条船，日进千斗银"，难怪外人称大邹为兴化的"小上海"。

18年前去世的邹锦如老人年轻时在码头上开过蛋行，他的一生正好见证了大码头的起起落落。老人生前回忆，繁盛之时，大码头光蛋行就有七八家。老人的手掌特别宽大，据说他年轻的时候，一手能抓起七个鸭蛋，这是长期数蛋练就的基本功。收购完本地的鸭蛋，加工后，邹锦如再把它们卖到外地。上半年加工咸鸭蛋，下半年加工皮蛋。加工好的鸭蛋从古镇运往苏南各地，去得最多最远的是镇江，卸给当地的商贩，供不应求。

千万别小瞧了大邹古镇的这个码头，藏龙卧虎呢。清朝的刘熙载，在岸上的米行做过学徒，白天劳动，夜晚读书。现在，镇上一些肚里有墨水的老人还带着一脸骄傲对外炫耀：不要看扁了大邹镇，刘熙载都在我们这里"吃过萝卜干子饭"(学过徒)呢。在这位"东方黑格尔"前面的一个朝代，兴化人李春芳曾在离古镇不远的小村子贾所停留过。第三次进京赶考，李春芳还是那么沉着，船儿行得不紧不慢，顺风顺水。突如其来的大雨，让他不得不在贾所的一个土地庙里将就了一晚。他有没有在大邹大码头经过、滞留，甚至弃舟登岸、转悠一番？我不知道，镇上的人也不清楚。但，有一点不难想象：当时的李春芳，肯定的是满腹才情、踌躇满志、一脸执着。十年寒窗无人知，一朝成名天下闻。其实，即便他来过大码头，当时的小镇人谁会料想到这个灰头土脸的小子后来能成为明朝的状元宰相呢？

印象中的码头，自下而上有十多级台阶，由每块一米多长的青石板砌成。清晨，东方刚刚露白，挑水工们便开始了一天的劳作。他们穿着草鞋，挑着大桶，在磨得有些光滑的石头台阶上面，上上下下。一担水，2分钱，沿袭了很多年的规矩。单一个浴室就得挑上几十个来回呢。挑水工们动作娴熟，腰一弯，肩一侧，桶里的水就满了。扁担是不离肩的，累了，要换肩，哧溜下，前后水桶就调了个位，左肩便换到了右肩。挑水工多半喜欢晃荡，前提是必须有一个上好料子的扁担。扁担富有节奏地在肩上跳舞，主人哼吆哼吆声伴奏着，再重的活儿也变得轻松诗意。

上午七八点钟，码头开始热闹起来，人越聚越多，直至摩肩接踵、人声鼎沸。四乡八邻的农民们把自己的农副产品拿上岸叫卖，卖米的、卖草的、卖菜的、卖油的、卖猪的……应有尽有。三四个扛着大杆秤的"行老板"(中人)在例行公事，七八个颈脖上围着白毛巾的搬运工在人群里不停穿梭：揽活、讲价、搬运。

大码头附近，饭店是少不了的。"东饭店""西饭店"最有名。虽说是一"东"一"西"，其实，相距不远。卖完了东西，乡下人的腰包鼓了起来。第一件事，自然是服侍好自己的肚子。小时候，我亲眼看到，两个乡下人在西饭店打赌吃馄饨，18碗，舔得干干净净、饱嗝连连。最后，对手愿赌服输，买单走人。填饱了肚子，这些人会三五成群地在小镇逛上一圈，给老婆孩子扯上几尺花洋布或者买几双新鞋子，再买些日常用品。喜欢酒的自然不忘切上点猪头肉，最好是肥一点的，用一张荷叶包好，带回家慢慢享用。

古镇人是天生的乐天派，懂得享受，早上皮包水，晚上水包皮。那些从大码头上岸的乡下人，转悠了半天，热了，累了，也想洗个干净澡回去。临近春节的时候，常常看到一船的人从大码头上街，直奔浴室，干干净净迎新年。镇上的浴室有几家，最出名的自然是辉煌一时的"浮暄池"了。现在，刻有板桥先生墨宝的这块石头门额还静静地躺在兴化市博物馆里。"浮暄池"，多么通俗而形象的名字！我们仿佛看到了雾气腾腾、暖意融融的瑶池，一个个澡客，赤条条的，躺着、坐着、泡着，惬意无比。

初冬的黄昏，大码头要清冷许多。但清冷是短暂的，破空而来的肯定是放鸦人的吆喝声。我有过好几次在大码头看放老鸦的经历，场面壮阔，声势浩大。几十条小船，鱼贯而来，很短的时间就完成了对大码头硕大水域的包围。每条船的木杆上，蹲着七八只老鸦。随着放鸦人发出号令声，老鸦们纷纷扎起了猛子，追食着水里的鱼。船上的人还用船篙不停击打着船帮，嘭嘭嘭的声响似乎在为老鸦们擂鼓助威。随着一条条鱼被拖出水面，掌声、叫喊声不绝于耳。最后，老鸦船满载而去，没有靠岸，越走越远，慢慢消失在渭水河的尽头。码头上，只剩下我们这些好奇的少年在风里痴痴地站着。

大码头的衰败应该在20世纪70年代中期，镇上通了公路，码头便少了用武之地。帮船班次先是减少，后来完全取消。没有了班船，码头顿时萧条、冷清起来，给人一种"无可奈何花落去"的感觉。前几年，人们发现，码头旁的河水瘦了、浑浊了，船也少了，喧闹逃得无影无踪，只有清冷的风陪伴那些破旧的房子，在守望着什么。失之东隅，收之桑榆，古镇最热闹的地方转移到了西头。坐着汽车外出的小镇人越来越多，回来时惊呼：外面的世界很精彩。

前年，结合新农村建设，镇政府着手恢复码头遗址，欲重现古镇昔日之风采。这件事，我以为说了玩玩，时间一长也就忘了。去年底回家，无意间，我看到了新翻建的码头：坚固的护堤、光滑的栏杆、整齐的台阶……古色古香，气派威严。两个红色的"中国结"路灯，富含传统文化又不失现代元素。在码头旁边，我徜徉很久。看着河边停泊着的两三条大船、岸上清冷的门店，总感觉少了些什么。

　　"其人虽已没，千载有余情。"夕阳西下，我时常在老家的大码头附近漫步。渭水河依旧静静地流淌着。昏黄的阳光照在大码头破旧的房屋上，留下长长的影子。慢慢，傍晚的云气悄悄降临，弥漫在河岸边、街区上。河对岸，一个用旧水泥船改造的浮动码头上，一位妇女正在浣衣，槌棒高高举起，"啪啪啪"的声音，清脆而响亮，在古镇寂静的天空里回荡。

小镇高中

　　那时候，小镇比现在热闹得多。东西走向的双溪路，常常人流涌动。东码头的帮船，上下的人赶趟似的。西头的汽车站，因为客源足，农公车的老板不像现在这么"谦恭"，他们高傲、爱理不理。

　　小镇的热闹，很大程度得益于它有一所高中。这所全区最高的学府，名声响亮。每逢开学，海河区的农家之弟们就会成群结队，扛着大包小包、带着他们的梦想来了。吃苦受累不怕，能甩掉泥腿子就行。

　　小镇高中的升学率一直不错。自然，教师的功劳不能小觑。他们多来自外地，不少是城里的，知识渊博，教学水平高，放到现在任何一所高中里都毫不逊色。何况，他们工作态度都非常认真严谨。要知道，世界上怕就怕"认真"二字。

　　1988 年，师范毕业，我回到了母校。昔日的老师成了我的同事。当时的学校，清一色的平房教室，墙壁黯淡，设备简陋。教师上课只能靠"一支粉笔一张嘴"。泥土平整后，就是篮球场。至多，用石灰划好界线。一场比赛下来总是搅得漫天尘土飞扬，但师生们乐此不疲。后来，学校有了水泥篮球场。再后来，学校有了楼房，一幢，两幢，三幢……硬件变化的同时，学校的升学率直线攀升，稳稳地坐在全市的前几把交椅上。常常看到，家长们请张三拜李四把孩子送到这里，分数不够就拿钱凑。学校也并没有让家长失望：前前后后，单成为蓝天卫士的就有九个人——这足可以组成一个飞行编队了。一个个头不高的安丰男孩考上了北大，本镇的漂亮女生，摘得兴化市的文科状元，这些，都成为小镇当年津津乐道的话题。

镇上人说，学校的风水好。汩汩流淌的双溪水，如一条富有灵性的长龙，护佑着学校。农家孩子，本来就纯朴踏实，走进校门，更是一门心思扑在学习上，期盼能跳出农门。一大早，教室里，操场上，西边北边的河边，到处都是捧着课本的学生。校园处处荡漾着孩子们的读书声。

记得，校门口右侧，有个小商店，坐北朝南。一位70岁的老人经营着。值完晚自修，如释重负的我们肚子也咕咕叫了，便去小店买大京果吃。三四个汉子，一包大京果，边吃边谈，七嘴八舌。只是，一包大京果禁不起几只贪婪的手轮番地袭来，很快光了。

学校大门向东五六十米，有个书店，不大，但好书不少，解决过几次我教学上的燃眉之急。只是，书店的萧条来得太快，像不经意间被打入冷宫的嫔妃。因为生意差，那几年，店里只有一个员工，是个戴着眼镜的男青年。我还是书店的常客，只是，买得少，借得多。"书非借不能读也。"

书店再往东20米，就是镇上的电影院了，灰暗破旧，但依然雄伟。曾几何时，这里曾是镇上最热闹的地方，唱样板戏，开群众大会，后来才用来放电影。在学校礼堂没有建好之前，学校的元旦文艺会演总在这里举行，一年一度，比什么戏和电影都吸引学生。节目是学生自编自演的，倒也有模有样，一度成了小镇的"春晚"。电影院的大门挡不住镇上居民的热情，干脆敞开着。

记不清是哪一年了，伴随着老师们的渐渐离开，高中的生源开始锐减——农村的孩子也不那么"老实"了，想着法子朝城里的学校跑……2003年，不甘寂寞的我终于开了小差，成了一名城里的教师。掐指一算，我在小镇工作了整整 15 年。

现在的小镇变化很大：卖大京果的地方早已建成楼房，上面住家，下面做生意；电影院卖给了私人，做了超市；书店也改头换面，成了金银首饰的专卖店。那曾经辉煌的高中，七八年前已经撤并，这里变成了另一所学校——大邹镇初级中学。

小镇，那所我曾经工作过奋斗过的高中，与我的青春一道，一去不回。只有，那双溪河畔的读书声，一如从前的清朗响亮，不绝于耳。

小镇大会堂

　　小镇很小，会堂却大。大会堂，这座小镇曾经最宏伟的建筑，至今，谈起来，个个脸上写满自豪。

　　大会堂位于小镇大街的中段，坐南朝北，"人"字顶，青砖大瓦。在四周围低矮参差的旧瓦房衬托下，大会堂越发显得高大挺拔。在地理意义上，大会堂绝对处于镇子的中心，不偏不倚，不左不右。同样，大会堂也是小镇的政治文化中心，地位举足轻重，无可替代。在小镇人的心中，大会堂神圣而庄严。即便现在，走近破败黯淡的它，人们还会油然而生敬意，往日的热闹场景如在眼前。

　　大会堂建于 20 世纪 60 年代后期。那个时候，中国大地风云变幻，各种政治运动如火如荼。运动多，会议就多。可以说，大会堂是时代的产物。在"阶级斗争一抓就灵"的时代，大会堂自然是阶级斗争的最前沿阵地。斗私批修、批林批孔、忆苦思甜……能容纳上千人的大会堂，常常挤得水泄不通。大家自带板凳。台下，黑压压的，全是人头。主席台上坐着的公社干部，发言时总喜欢用手扳一扳麦克风，话语铿锵有力，中气十足。声音从喇叭传出来，好像要把大会堂的屋顶掀翻。

有一年，正值"严打"。有几个外地小青年杀人越货，触碰了"高压线"。公社在大会堂召开了现场宣判大会。一屋子的人民群众，义愤填膺，但鸦雀无声。现场教育起到了作用，小镇的几个小混混，行为明显地收敛了许多。有时候，大会堂免不了也开些冗长无聊的会议。群众自有群众的办法："开会不怕长，只要靠住墙。"他们会抢占有利地形，靠着墙打起瞌睡。任凭你高谈阔论，口若悬河，"我自岿然不动"。有些妇女干脆戴上针箍，凑到一块纳起了鞋底，大有打持久战之势。等台上人大吼一声"散会"，台下会传来雷鸣般的掌声，打瞌睡的猛地惊醒，站起来，拍拍屁股，回去继续睡觉——明天还要下田呢。

小镇人天生有艺术细胞，能吹拉弹唱的人很多。20世纪70年代，镇上曾有一支毛泽东思想文艺宣传队，样板戏演得颇有水准。最值得称道的是《沙家浜》"智斗"这一段。胡传魁、刁德一、沙奶奶……特别是阿庆嫂，演得活灵活现，神形兼备。演阿庆嫂的女子姓葛，演唱不温不火，把人物的不卑不亢、处变不惊表现得细致入微、淋漓尽致。以至，"阿庆嫂"成了她的另一个名字——本名反而很少有人喊了。同样精彩的还有《智取威虎山》。小常宝是一位名叫邢育芳的女孩表演的。当时邢育芳才十三四岁，扎着大辫子。别看岁数小，嗓子不错，上得去，下得来，轻灵婉转，又不失高亢激越。她的《听那边练兵场杀声响亮》，把小常宝上战场的急切心情表现得十分到位。

在电影还是个稀罕物的时代，大会堂是不放映的。电影是属于公社机关大院的。在夜深人静的时候，偷着放，偷着乐。真正体现"与民同乐"的是露天电影。露天电影的地点一般是在小镇中学的操场上。当两根长毛竹插在地上、电影幕布拉起来的时候，小镇人会奔走相告：放电影了！放电影了！那情形，真的比过什么节都热闹。

大会堂什么时候变成电影院的，记不得了。有一点是肯定的，电影走进大会堂很大程度是考虑到经济效益——七八个工作人员总不能喝西北风吧？电影院是有硬件指标的：大会堂浇了水泥地面，做了斜坡，增添了固定的座椅，生铁架子木头料。也许是小镇的文化生活贫乏了，电影海报一贴出去，总是围了一群人，指指点点。当时，"今天放什么电影"和"你吃过了吗"并列为小镇两大问候语。1981年，刘晓庆主演的《神秘的大佛》，观众进场时争先恐后，不少人鞋子都踩掉了，连提鞋的机会都没有。第二年，李连杰主演的《少林寺》来了，宽银幕。工作人员挑灯夜战，赶做银幕。电影连续放了三天，一天三场，座无虚席。一时，小镇刀光剑影，舞拳弄棍的青年人陡增。

等电视走进寻常百姓家，影剧院的日子便不好过了。电影院一冷落，工作人员也各奔东西，另谋出路。终于有一天，大会堂卖给了本镇的一位老板。老板租给了外地人，开了超市。

超市的生意并不好。除了节假日稍忙外，平时，顾客还没有营业员多。超市的清冷和大会堂当年的热闹形成了极大的反差。有时，闲得慌，超市的几个营业员会聚在一起聊天。谈起当年大会堂的热闹繁华，几个人的脸上表情复杂，羡慕嫉妒恨，什么都有。

在笔头与斧头之间

　　我高考的时候有预考，预考通过，方有资格参加高考。没想到，前两年预考我都没有通过，不仅自己泄气，父亲也有些失望，不停地抽烟。终于，父亲扔掉烟屁股，说："不是读书的料，就跟在我后面学手艺。"

　　"学就学。"我望着父亲，一副少年不识愁滋味的样子。父亲是个手艺不错的木匠，一直单打独斗，也确实需要个帮手。"行。"父亲开始让我帮着递递东西，拉拉墨线。荒年上饿不死手艺人，在父亲看来，考不上大学，学一门手艺也是不错的选择。偶尔，我会把父亲的斧头拿在手里，模仿父亲的样子砍呀劈呀，父亲惊呼："别弄卷口。"看到我拿起斧头笨拙而莽撞的模样，父亲一脸鄙夷："文不像个秀才武不像个兵，斧头不比笔杆子轻吧？"

　　斧头肯定比笔杆子要重得多，这我知道。我还知道父亲的内心深处是希望我能考上大学，做个拿笔杆子的。在父亲的心目中，上过大学的人，都文质彬彬，留着分头，穿着笔挺的中山装，上衣的左边口袋别着一支钢笔。

　　母亲反对我学木匠，理直气壮地说："这是讨饭交易，又脏又累。"何况，我的身体过于瘦弱，木匠可是个力气活。母亲把一句话撂到我的脚下："在斧头与笔头之间，你想好，选一个。"

笔头子不是说耍就能耍到的，我对自己也信心不足。我的数学是瘸腿子，120分的卷子，常常只考个位数。我不喜欢这门功课，我喜欢画画，连做梦都在画，总幻想有一天能成为齐白石。我家破旧的房子里曾一度贴满了我的大作："寿星""老虎""仙女"，还有一些"山水"。实事求是，我的画作在同学中还是赢得口碑的。

我之所以没有反对学木匠，原因就是我喜欢绘画，而我的偶像齐白石也曾是个木匠。那段时间，镇上不断传来有人考上大学的消息，母亲的表情总是酸溜溜的。很快，这种表情就传染给了父亲，父亲竟也劝我复读，去吧，去吧，笔杆子总比斧头轻松吧。母亲说道："考不上，婆娘都难找；考上了，婆娘来找你。"母亲这句直白的话很有分量，直击我的软肋——谁愿意一辈子打光棍呢？我毅然决然地进了镇上的复读班。

虽说是复读班，实际是插在应届生里。班主任是教理科的，戴一副深深的眼镜，做起思想工作一套一套的，常说的一句话是"世上无难事，只要肯登攀"。我们的政治老师，高高的个儿，告诉我们，要抓主要矛盾，同时要分清矛盾的主要方面和次要方面。显然，我的主要矛盾是瘸腿数学，而矛盾的主要方面则是我的不努力、偷懒。

从此，我成了数学老师宿舍里的常客。数学老师很年轻，很有学问，无论多么深奥的题目都难不倒他。题目放在他面前，他瞟一眼，说声"容易"后便推算给我看。渐渐地，我也感觉到数学真的容易了。预考，我的数学考了67分，终于有机会摸到高考试卷了。

高考前几天，母亲裹了很多粽子，桌子上的菜也变得丰富起来。母亲不时对着菩萨像焚香，祈祷。高考是在兴化城里考的，我们住在兴化北大街的老党校里，老式的楼房，两三层。我们都自备了蚊帐，睡的是通铺，几十张，一字排开。过分的紧张、兴奋，让我彻夜失眠。好在考场上我发挥得还可以，分数出来，我进了二本。收到录取通知书，父亲母亲笑了好几天。父亲忙不迭地帮我转户口，转粮油关系，不停地分发着糖果和香烟。

大学毕业后，我成了一名教师，做的自然是备课批改作业这些耍笔杆子的事情，望着讲台下的孩子，我越来越感到，耍笔杆子其实并不轻松。

前几天在老家，和风烛残年的父亲聊天，聊到了我的高考。一个问题，电光火石般地在我的脑海里闪现了一下：假如，当初我选择拿斧头，现在的生活是怎样呢？不知道。或许，在斧头和笔头之外，我应该还有别的选择。

想起那块泥土球场

国庆长假，几个昔日同窗不期而遇，自然而然聊起了母校大邹中学。不约而同，大家印象最深的居然是母校的篮球场——那曾经灰尘飞扬的泥土球场。

虽说是泥土的篮球场，但在当时可金贵着呢。每天，特别是阳光灿烂的日子，下午最后一节课结束的铃声一响，同学们会如离弦之箭奔向操场，占领那属于他们的快乐领地，分组对抗，半场或整场，把剩余精力挥发殆尽。碰上阴雨连绵的天气，大家会垂头丧气，愁眉不展。只要天气转晴，不等场地干透，大家会拿着橡胶篮球迫不及待地溜过去。但欲速不达，场地常被踩踏得泥泞不堪。

偶尔，学校会组织赛事，那可是球迷心中的大事。那时大家还不清楚有个NBA，更甭说CBA了。比赛主要在母校教师队和大邹镇联队间进行。大邹镇联队的成员主要是供销社职工，里面有不少篮球发烧友，身体条件不错，身高臂长，水平也高。这两支队伍是一对多年的冤家，旗鼓相当，互有胜负。大赛前夕，体育老师会用卷尺仔细丈量场地，长度宽度、三秒区、罚球线，用生石灰小心画好。比赛的海报在校门口一贴出，就引来众人驻足观看，大家议论纷纷，猜测着比赛的结果，脸上喜气洋洋，小镇像过节了一般热闹。比赛时，全镇的"球粉"们倾巢而出，球场周围站满了人。很多住宿生捧着铝制饭盒，吃饭赏球两不误。伙食虽说不怎么样，常常是慈姑烧咸菜汤，照样吃得津津有味。场下的人们对场上的"球星"们指指点点，品头评足，不时发出一阵阵叫好声唏嘘声。观众的组织纪律性很差，虽也有几个老师维持秩序，但界线还是经常被踩踏、越过，有时，让场上队员无法辨清，体育教师不得不利用比赛的间隙用生石灰重新画好。比赛最为关键紧张的时候，观众们会伸长脖子，人群像潮水一般，随着篮球的转移而潮涨潮落。场上尘土飞扬，汗水、尘土把球员们涂抹成花脸，面目难辨。由于服装不统一，传错球的事情经常发生。

1985年夏天，镇上第一届农民运动会在我校举行。篮球决赛的球队，在大家的意料之中，是中学教师队和大邹供销社这一对老冤家。我正好大学放假，有幸为母校的老师呐喊助威。校园里弥漫着一股浓浓的紧张气氛，不少人说话的声音都有些发抖了。赛前，一位坐在主席台的校领导想缓和一下紧张气氛，振臂高呼了几句口号，一不小心，把"友谊第一"喊成"比赛第一"，引来了场下一片笑闹声，场上气氛反而更趋紧张。

那场比赛真的是一波三折，扣人心弦。先是教师队凭借小巧灵活一路领先，后来是比分交替上升，咬缠得很紧。观众们都屏住呼吸，我们的手心更是沁出汗珠——作为母校的学生，我们很希望教师队能够获胜。

那时，母校的很多老师都是城里下放的，每个人都能来几下子。别看他们上课时文文静静，球场上却动如脱兔，动作花哨：三步上篮，中投远投，假动作，背后传球，带球过人，让人眼花缭乱。"大个子，来一个！""大个子，来一个！""三步！""传球，快！"一个身材颀长的教师，鹤立鸡群，引得对方重点防范。大个子是我们的班主任，大家都喊他"丈神"。对方要投篮时，丈神长长的手臂一拦，这样的"干扰"常让对方心慌意乱，失了准头。

教师队虽然有丈神，但毕竟独木难支。最后，供销社队打出了一个小高潮，以小分反超，险胜。太精彩了！观众们已经没有了偏袒，他们为每一个好球鼓掌呐喊，手掌都拍红了。

　　暑假，老师和学生会陆续离开学校。校园里，一下子宁静起来。这时候，学校操场上的盐巴草、鱼腥草等开始肆无忌惮地疯长、蔓延，从四周悄悄包围篮球场，直至把它湮没。新的学期，学生的第一件事情就是除草。大家从家里带来小铲锹、铁锹等工具，清理班级的包干区。半天时间，铲除的杂草能堆积得像一座小山。终于，球场上的泥土露了出来，只要晒上几个太阳，又能在上面打篮球了。

岁月深处的美味

小时候，一进腊月，母亲总喜欢买个猪头，腌制起来，那是为过年准备的。

那时候的猪头，几块钱一个，猪尾、猪耳、口条样样俱全，很是实惠。我家经济拮据，弟兄姊妹好几个呢，过年，只有靠买个猪头解解馋了。猪头买了回来，母亲要花些时间收拾，用一把镊子仔仔细细地把"漏网之毛"一一拔去，最后用食盐腌制，放上几天。没有完呢，后面有个漫长的工作等着——找一根结实些的绳子，穿过猪鼻孔，扣好，把它系到门口的屋檐下，风吹日晒。远远看去，猪头威风八面，如果旁边再配上个钉耙，俨然就是唐僧的二徒弟猪悟能了。一般来说，"八戒"要忠心耿耿守护我家大门几十天，等到它的颜色由淡变深，白色变成绛紫色了，这时，猪头就要放到朝阴的一面了，再晒，就嫌老了，不好吃。

大年三十，父亲抡起他那做木工的斧头，很潇洒地把猪头一分为二，放到家里最大的锅子里。我和哥哥总是抢着往灶膛里拼命地添木柴，兄妹几个的情绪也随着火的跳动高涨起来。慢慢地，慢慢地，腊香从锅里渗出，片刻，弥漫了整个院落。肉盛起来，汤汁是舍不得倒掉的，要留着烧菜。

猪头肉下饭，一大碗米饭，呼哧呼哧，风卷残云，能很快吃完。母亲偶尔会嗔怪一句：慢些，饿鬼投的胎。然后就笑笑，看着我们。

猪头肉好吃，但猪头并不好买。那时候买什么都得凭"条子"，猪头当然是抢手货，得排队呢。记得有一次，寒假一放，母亲就把买猪头这一光荣而神圣的任务交给哥哥和我。母亲的意图显而易见：一个人排队不保险，万一半途出去方便一下，回来就算你加塞了，有口难辩，得从头再来呢。接过母亲的 10 元大钞，弟兄两个倍感责任重大。可连续三天，我们都没有买到猪头。因为，每次天不亮，队伍已经排得老长老长了。显然，几个猪头是分不过来的。终于，痛定思痛，我哥哥作出了平生的第一个英明决定：临晚去排，通宵达旦。

天色渐暗，北风肆无忌惮地刮了起来，刀子一样。食品站早已门前冷落，我们排在了食品站门口，偶尔，路过的人用莫名其妙的目光看我们，我们全然不顾。冷了，跺跺脚；困了，哥哥就讲故事给我听……

夜深天冷，我们都有点扛不住了，难怪，河里都结冰了。哥哥吩咐我回去休息。一觉醒来，已经 4 点多了，"不好！"我赶紧奔向食品站，老远，就听见喧哗声，队伍已经排得像一条匍匐的长蛇。我骄傲地看到，哥哥排在第一个！第一个！哈哈，猪头稳稳当当了。说实话，我当时的成就感不亚于后来考上大学。

太阳升起来了，我和哥哥抬着大猪头回家，耀武扬威，真像两个凯旋的战士，左邻右舍投来的是羡慕和赞赏的目光。一到家，哥哥打了几个很响的喷嚏，接着就喊头晕，四肢无力……

夜里，哥哥发了高烧，母亲用湿毛巾敷在哥哥脑门上，陪着。北风在呜呜地叫着，煤油灯亮了一个晚上，母亲的身影也晃动了一夜。还好，哥哥出了汗后，第二天又生龙活虎了。

我清楚地记得，那一年的猪头肉，很经吃，一直吃到正月十六。

虹桥听书

十三四岁时候的我，绝对是个故事迷。也难怪，没有电视相伴，听书无疑是最好的选择了。

听书的地点一般是在虹桥上，我家西边一点，不远。虹桥是座拱桥，红砖砌成，跨度不小，二十五六米，远远看去，卧在碧波清水之上，真有点像天上彩虹。桥下面汩汩流淌着的叫西沟，虽然叫沟，水面却不小，茫茫一片。河道两岸长满了芦苇，虹桥建在最窄处。

虹桥地处要道，一头连着镇区，一头通向菜场。乡里乡亲，桥上相遇，免不了打声招呼，寒暄几句。遇到有共同语言的甚至可以张家长李家短地评论一番。虹桥的栏杆矮，正好方便歇气，当凳子坐。一坐下，就有得谈了。屁股沉的，误了买菜、烧饭，也是常有之事。两个婆婆碰到，可以从儿媳的身上找到共同的话题，细数着儿媳们的优点缺点；两个媳妇遇见，可以忆苦思甜，互诉衷肠，交流着对付婆婆们的锦囊妙计。不经意间，寒暄就会演绎成说书：有故事、有情节、有高潮、有悬念，跌宕起伏，引人入胜。慢慢地，人也会聚拢得越来越多，主讲的自然更加兴奋，一兴奋就会刹不住嘴，该讲的讲了，不该讲的自然也讲了。舌头长的，听了以后，会添油加醋，把只言片语加工成一个细节丰满的故事，一传十，十传百。一支烟工夫，会满城风雨，沸沸扬扬。那时的我，有个对什么都好奇的年龄：哪儿人多，往哪儿钻；哪儿热闹，往哪儿跑。自然，虹桥去得最多，近水楼台，这儿成了我的根据地。

虹桥的南面是一片开阔的水域，虹桥正好处于风口上。夏天，这儿可是镇西居民纳凉消暑的好去处。下午，骄阳还在大施淫威的时候，便有人开始抢夺位置了——几张坏凳子或者几块砖头，楚河汉界，清楚得很。纳凉是一个方面，更重要的，桥上有人说书。不难想象，皓月当空或繁星满天，沐浴着凉爽的清风，看着闪闪烁烁、忽隐忽现的萤火虫，听着有趣的故事，这是多么惬意的事情啊。

书说得最好的，不要问，自然是镇上的麻油壶了。麻油壶姓孙，商业社退休职工，上过好几年的私塾，肚子里有货，经史子集，多着呢。只是，他讲故事喜欢卖关子，吊你的胃口，不痛快。这，从他的绰号上可以看出：麻油壶，省着用，滴滴答答。心情好的时候，麻油壶能讲好几个段子，几个小时不停；心情不好，八抬大轿去抬他，眼皮都不抬。麻油壶说书水平高，谱儿摆得也足。说书的时候，一把小茶壶不离左右，讲到兴奋之处，慢悠悠地呷上两口，旁边有几个拍马屁的，手里的芭蕉扇在不停地扇着——其实，桥上的风很大，凉快得很。

插起招军旗，不愁吃粮人。只要是麻油壶来桥上乘凉，桥上的人会骤然增多。记忆中，麻油壶给我们讲过好多故事："岳飞大战金兀术""穆桂英挂帅""王老虎抢亲"等。印象最深的当属的"唐伯虎点秋香"了。麻油壶讲故事时，很讲究文采，能不时地冒出一两首古诗，让你似懂非懂，只有拍手叫好的份了。他故事的主人公基本上是才子佳人，才子，自然会喜欢对对子，比如："日照龙鳞万盏灯，风吹马尾千条线""暑鼠梁凉客咳惊，饥鸡石食童筒打"等。除了文采，麻油壶讲得也颇有技巧，关键时刻常常戛然而止，让你欲罢不能。记得他讲的"唐伯虎点秋香"，说唐伯虎为了秋香，在华家打工，写了一首诗："华老太太不是人，九天仙女下凡尘。生的儿子是盗贼，偷回蟠桃献母亲。"这首诗，可谓一波三折，把华老太太的家人吓得半死，不能不佩服唐伯虎的艺高人胆大。麻油壶讲的故事就像唐伯虎的这首诗，一波三折，峰回路转，在山重水复处，让你柳暗花明。每到天黑，不见麻油壶人影，纳凉的人们心里就很不踏实，我们几个细猴子就会去麻油壶家侦察，等到麻油壶慢腾腾说"就到就到"，我们才像领了圣旨一样高兴，坐到桥栏杆上，等着享受饕餮大餐。

除了麻油壶外，其他说书人就不值一提了。非要矮子里选个将军，只有老邹了。老邹有一只眼有残疾，饭店工作，也退休了。老邹文化不高，和麻油壶明显不在一个层次。虽然精彩程度不及麻油壶，但是，老邹也有自己的杀手锏：喜欢用荤话，重点情节添油加醋，屑子话多。他讲"武松杀嫂"，能把潘金莲要和武松喝交杯酒的一段，磨个老半天，让大家替武松着急。另外，可能是为了吸引人气，老邹喜欢夸大其词，比如讲"苏中名匪况名海"，把个土匪头子吹得邪乎上了天：一个猛子能在两里开外露头；河里踩水，肚脐能露出水面，手上还使着双枪，指哪打哪，百发百中。以致，一段时间，这个土匪头子居然成了我们心中的偶像。上了高中后，我就很少听书，功课紧了，再说家家有电视，说书哪赶得上电视剧有意思呢。

现在的我，已是人到中年。当年的说书人，也早已作古。昔日繁盛一时的虹桥因为坍塌被拆除了，桥下碧波清水也早已不在，污染严重，被填上了，连同我对西沟的记忆。只有那桥上听来的故事，还珍藏在记忆深处，难以忘记。

留一棵老树看家护院

    张世元老人养成早起的习惯是因为一群麻雀。这群麻雀栖息在老人院子里的一棵白果树上，喜欢在大清早开会，叽叽喳喳，七嘴八舌，吵着吵着老人就醒了。睡不着，最好的选择是起床。老人不懂鸟语，只会欣赏。别人的鸟儿养在笼里，老人的鸟儿养在树上。

    老人是古镇人，年轻时在外工作过一段时间，退休后，和老伴在古镇安度晚年。孩子们翅膀硬了都飞到了外地，只有痴情的白果树守着他们，在四季的更替中，轮回着枯荣。夏天，白果树繁茂的枝叶，会把古镇的小半个天空染绿；秋天，沉甸甸的果实会压弯枝头，要不了多久，落叶又会殷勤地给老人的院子铺上金黄的地毯。

    白果树是祖宗留下的，民国时就站在这儿了，站了100多年了。老树慷慨，每年结三四百斤的果子没问题，大几千元呢。树养人，人也得养树。七八年前，白果值钱的时候，老人总要忙得不亦乐乎：整枝、授粉、施肥。每年，老人会买上两块豆饼，剁开，沤个十天八天，在树根旁边挖个洞，深埋进去……

    树大招风。城里的房地产如火如荼的时候，老树的身价也水涨船高。

老人记不清有多少人来拜访过他，都是醉翁之意不在酒。有个老板出了十一万，想买他的树。老板在城里做了一个楼盘，品格很高，差棵标志性的景观树，转来转去，相中了老人的这棵白果树。老人重新打量了一下自己的白果树：有形有神，累累褶皱跟古镇一样的沧桑和厚重。犹豫片刻，老人心一狠：卖就卖吧，要用钱的地方太多了。

"白果越来越不值钱了，留着干啥？"老伴也建议卖掉。这几年，白果的价格一落千丈，都赶不上白菜了。老人也懒得管理，施一点肥，授粉就谈不上了。只是，人非草木岂能无情，说卖就卖，老人还是有点舍不得，他担心万一老树经不起折腾，水土不服，枯了死了，对不起祖宗。

老人不清楚迁移走了的树木会不会想家。反正，年轻的时候在外工作，他常常想家，一想家，满脑子都是白果树。每次回家，眺望到白果树，他的内心才会感到温暖和踏实。老人猜想，祖辈在栽下这棵树的时候，会不会想到被后人卖掉……老人一身冷汗，嘴里不由得冒出一句话，斩钉截铁："不卖。留下来，看家护院呢。"

老人健谈，他告诉我，白果树的故事能讲三天三夜。老人曾做过一个梦：老树卖了，他在外工作的孩子回来，看不到大树，少了坐标，居然迷了路……"人，不能吃了果子忘了树！"

我没有问老人后不后悔自己的决定，因为，在老人骄傲的语气里我已经找到了答案。这棵白果树，早已扎根在老家每一个游子的心里。张世元老人留下的，不仅是一棵树，还有绿荫，还有鸟鸣，还有乡愁，以及许多关于家乡的记忆。

老家的庙会

农历五月二十，是我的老家——兴化大邹的都天庙会。为什么选择五月二十这个日子，不得而知。但有一点是肯定的：这个时候，麦粒已经归仓，水稻秧苗又刚刚安顿好，忙碌了一阵的农民终于悠闲起来。乡下人，闲不住。闲不住，就得找点乐子。也许，就因为这个，老家有了庙会。

会找乐子的自然不单是家乡人。读汪曾祺先生的《故里三陈》，感觉高邮人也很热衷于庙会，并且，内容和老家相差不多：庙会都称为"迎会"，供奉的也是都天菩萨，所以又叫都天庙会。

都天菩萨，姓张名巡，是唐朝一员武将，安史之乱时驻守河南睢阳。后来，叛军围攻睢阳，张巡誓死不降。由于饥饿，张巡的脸都成了靛蓝色。城池攻陷后，张巡投井自杀。从井里打捞时，一把铁钩钩破了张巡的额头，形似一只眼。所以，都天菩萨的形象总是靛蓝色的脸，三只眼睛，威严勇猛。因为张巡的死守，阻止了叛军南下江淮，使得皖北、苏北等地免遭兵燹。知恩图报，江淮人民自发纪念起心中的民族英雄，称之为都天大帝，建庙塑像。都天庙会，就是为了纪念张巡，同时，也为百姓消灾祈福。

庙会庙会，自然要有庙。当年的都天庙已经没有了，只好请重塑的都天菩萨屈就隆兴寺。隆兴寺是老家最大的寺庙，大厅的正中供奉着都天菩萨，都天菩萨的左右是观音菩萨和财神菩萨。在乡下，庙和寺似乎也谈不上区别，在这里，儒释道相处平安，甚至，水乳交融。

　　每次，家乡的庙会都是从隆兴寺起驾，抬着张巡的塑像游行，模拟帝王出巡形式，沿镇区主要巷道转一圈，最后再回宫到隆兴寺。迎会前一天大早，会有人抬着大锣，走街串巷，"哐——哐——"，锣声悠扬苍凉，渲染着气氛，把人的胃口调得老高老高。黄昏之时，凉风习习，随着夜色临近，敬香的人四面八方开始潮水般涌向隆兴寺。熟识的，不熟识的，组成了一支支的队伍，浩浩荡荡，络绎不绝。年迈老奶奶挎着香袋，迈着小步，跑得却是那样的轻快。未婚男女无疑是主力军，走着，谈着，兴致勃勃。"你准备许什么愿？""不告诉你。说出来就不灵了……"如果男女情窦初开，彼此有意，就在这一问一答之中，开启了一个美丽的爱情故事。这会让人不由想起诗经《溱洧》里的句子："溱与洧，方涣涣兮。士与女，方秉兰兮。女曰观乎？士曰既且，且往观乎？"

　　如果把庙会简单地归结为祖先们找乐子，未免有些低估了他们：庙会是跟经济发展有关系的，一次庙会，实际上就是一次物资交流。庙会要来的这几天，你会发现，一下子，做小生意的多了，卖百货的、卖小吃的、玩杂耍的……这些人游走四方，没有固定的经营摊位，总能准时出现在各乡镇的庙会上。看来，他们已经把各地庙会时间掌握得烂熟于心——在玩的时候，顺便把生意做了，还有比这更讨巧的事吗？如果单从经济上看，庙会其实就是最大的一次"集"，或者是带有节目表演的"集"。

　　运气好，迎会可以看到"跳马弁"。马弁是为菩萨的出游扫清障碍的，一根钢锥穿通嘴巴，样子凶狠。迎会时，一人在前鸣锣开道，马弁跟在后面奔跑跳跃，右手拖着一根铁棒，看到路上的肮脏东西就用铁棒打，群众看到这副样子非常害怕，纷纷后退。后面还有很多"节目"：跳判官，打链枪，跑旱船，舞双龙，骑毛驴，荡湖船……高潮自然是都天菩萨出巡。在上面写有"肃清""回避"木牌的仪仗队后面，都天菩萨千呼万唤始出来，威严而神秘。抬着，八抬大轿。

以后的几天，庙会将作为一个话题，留在老家的男男女女的唇齿间，谈论，咀嚼，一直回味到下一个农忙的到来。

久违的老咸菜

    小时候，一到冬天，无论如何，母亲总要腌一大缸咸菜，大部分用来做老咸菜。

    母亲对老咸菜情有独钟，源于她根深蒂固的思想：老咸菜能防荒年。为了显示她的想法的颠扑不破，母亲不止一次地讲了她也许是从我姥姥那里听来的故事：水乡小镇有户人家，穷得叮当响，女人却勤劳贤惠，每年都要腌一些咸菜，做成老咸菜。有一年，发了大水，茫茫一片，富人们抢出了一些金银财宝，穷人家的女人抢出的则是家里的一坛老咸菜。当不少富人抱着财富饿死的时候，穷人一家却因为一坛老咸菜，"就一口咸菜喝一口水"，安然无恙，撑到了洪水消退。从母亲讲述时煞有其事的眼神可以看出，这故事是有来头的。1976 年，兴化闹地震，镇上不少人家惊慌失措，母亲却镇定自若，兴许，仗仰的就是家中有几坛老咸菜。

    腌制老咸菜的原料叫高脚菜，菜茎很高，呈白色，像女人的大腿。一到腌菜的时节，就有外地人用船运到小镇。老远就能听见卖菜人的高声吆喝："腌咸菜喽！又好又便宜！"居民们蜂拥而出，跟着他去船上，仔细挑菜，讨价还价——其实，没有还价的余地，太便宜了，一两分钱一斤。高脚菜很重，一捆，好几十斤呢。母亲一般要买五六捆，没办法，家里嘴多。菜买回来，晒两个好太阳，母亲便开始工作了。首先是洗干净。大冷的天，要把二三百斤菜洗干净还真是不容易的事，菜丫间脏得很，有烂泥甚至有粪便。母亲总是亲自上阵，两手冻得通红——母亲的手，一到冬天就皲裂，口子还不小，总是搽"歪歪油"。不懂事我们，常常抄起袖子，作壁上观。终于，洗完了，放到大桌上晾几个时辰。干了，就开始抹盐，是那种粗盐，一棵一棵的，内内外外。然后，一层层码到大缸里，根朝外。码好，母亲就穿起长筒雨靴，站上去，使劲踩，严实后，搬起家里一块不小的青石，枕在上面。20多天的样子，卤水便出来了，咸菜全部漾在卤中，缸里泛起泡沫。这个时候，就准备晾晒了。

　　找一个通风朝阳的地方，扣好绳子，把咸菜一棵棵"骑"到绳上。这是个漫长的日子，必须不厌其烦。要知道，把丰满水灵的水咸菜变成干瘪的老咸菜，没有一点耐心自然是不行的。慢慢地，在不知不觉间，水咸菜颜色变深了，变"老"了，干瘦的老人一般。等彻底风干，收下来，切成两厘米长，塞进坛里，越紧越好，母亲常常借助于槌棒，让我们帮忙，这是我最乐意做的。等封了口，放在家灯柜旁边的地上。老咸菜经放，越陈越香，打开来，上面会有一层盐霜，来一点，烧肉，管它多肥，总能肥而不腻，下饭得很。只是，那时的肉绝对是奢侈品，老咸菜很少有资格能和它相伴。

　　我读书的时候，家里穷，很多时候，餐桌上唯一的菜就是炖老咸菜。多滴几滴香油，或者放一个剁碎的辣椒在里面，老咸菜还是很有味的。母亲不腌老咸菜好几年了，毕竟，年事已高，身体又不行，而腌制老咸菜，归根结底，也是个体力活。

　　无意中看到菜场里的五花肉，我情不自禁想起老咸菜的好处来。猛地一惊：好几年不吃母亲做的老咸菜了。有一次，我在城里逛超市，发现了一种"霉干菜"，颇似母亲做的老咸菜，欣喜之余，买了一包回去烧肉，还不错。只是，总感到，和母亲腌制的老咸菜相比，少了些什么。

老家的那棵苦楝树

　　心血来潮，想起了老家的那棵苦楝树。

　　苦楝树长在我家房屋西边的空地上，临坡而生，坡下是一条小河。树的周围空空荡荡，给人一种孤高、清冷的感觉。我懂事时，树已经碗口粗了，枝密叶茂，繁盛得很。父亲是位木匠，对树的脾性颇有研究：苦楝，材质轻软、细腻，加工以后，平滑透亮，光鲜得很，适合做家具。可是，眼前的这棵树，有些不太争气、先天不足，身子扭曲得厉害，像喝多了的醉鬼，歪歪扭扭。树干上，鼓着两个"肉瘤"，老是吐出一些莫名其妙的黏液。母亲告诫我们：离树远些，衣服弄脏了，难洗，费洋碱呢。

　　每年，立夏的时候，楝树顶上会开出淡紫色的小花，一簇一簇的。紧接着，楝树果子便冒出了，密密匝匝，越长越大，直至压弯枝头。到了暑假，楝树果就跟白果一样大小了：这可是天然的子弹，放到弹弓上，再好不过了。

　　我就有过一个好弹弓，用了 20 多根橡皮筋呢，弹力很大。弹弓是用来打麻雀的，为了解馋，我不得不打起它们的主意。那时候，麻雀真多，门前屋后，叽叽喳喳，飞来蹿去，总是呼呼的一群，黑压压的。可是，不知是不得其法，还是麻雀太机灵了，我总是颗粒无收，一无所获。于是，我把一腔怒火迁移到家禽身上，邻居的鸡常常成为我的靶子。"中弹"后的鸡们，先是拍打着翅膀，飞跳得老高，然后慌不择路，落荒而去。

我们小时候，是崇尚战斗英雄的时代，英雄自然要在战火纷飞中体现价值，因此，"打仗"顺理成章成了我们最重要的游戏。我家的这块空地，正好处于两"军"对垒的分界线上，是"兵家必争之地"。苦楝树因为盛产"子弹"，双方都虎视眈眈，垂涎三尺。每逢大战前夕，空气里总是弥漫着一股紧张的气息，让人兴奋、跃跃欲试。不打无准备之仗，我们总是先下手为强，把"弹药"储备好：用一根长长的竹竿，头上绑上镰刀，从树下慢慢伸上去，楝树果子被剐了下来，一挂一挂的。

男孩子都喜欢冒险，苦楝树成全了我。它有一个枝丫，伸向河心，单杠一般，灵巧的我，身子一纵，双手抓住"单杠"，荡起了秋千。枝丫弹力十足，让我过足了"有惊无险"的瘾。看着天上的白云、脚下的流水，再望着同伴惊讶的目光，我得意得很。一次荡秋千，居然荡来惊喜，有了重大发现。原来，楝树旁有个草垛，临河的一面，有家禽在此偷偷安营扎寨，生起了野蛋。用手捋开几根遮掩的草，温馨的"产房"暴露无遗，鸡蛋静静地躺在里面，褐色的、浅褐色的，大大小小，16个。我如获至宝，连忙用衣襟兜着，兴冲冲地拿回了家。

可以说，整个夏天，都是我大显身手的时候。澡桶往河里一扔，人抓住苦楝树的枝丫，荡几个来回，便扑通跳到河里……摸螺螺，逮虾子，踩歪歪，名堂多着呢。那时候，河里什么宝贝都有，我从来没有空手而归。

冬天，家里没有木柴，我总是喜欢打苦楝树的主意。这棵苦楝树有些横长竖不长，枝枝权权很多，正好，借修剪之名义，砍下来，当柴火烧。

我家东面是个大巷子，吃饭的时候，热闹得很。小伙伴们总喜欢捧着饭碗，聚到一起，边吃，边谈。强子，肥头胖脑的，比我大几岁，父亲虽然不做革委会主任了，但瘦死的骆驼比马大，是巷子里最富足的人家。看着我的碗，强子惊讶地说："咦，你家怎么天天只吃咸菜？"我满面羞愧，无言以对。强子的碗里，油光光的红烧肉骄傲地堆着，让人垂涎欲滴。我自惭形秽，从此，不敢再把碗捧到巷上。只好走到西边，和苦楝树做伴。苦楝树倒是善解人意，默默无语，友好地望着我。我一个人，捧着饭碗，依旧吃得很香。

苦楝树带给我许多快乐，也见证了我过去的苦闷。在树上，我曾刻过葛老师的名字，原因很简单，我恨葛老师。葛老师是城里人，我高一的班主任，曾号召我们勤工俭学，种青菜，承诺卖了菜后买名著给我们看。我很喜欢文学，特别想看姚雪垠的《李自成》，所以，种菜很是积极，浇水、浇粪。后来，菜卖了，书买了，我始终没有借到一本。同班的女生兰（父亲是位主治医师）却借到了一本《红楼梦》，这让我很没有面子。恼羞成怒的我终于爆发了。刻了名字的苦楝树俨然就是葛老师了，我解下磨损得很厉害的牛皮裤带狠命地抽着，嘴里不停骂着。真怪，不一会，我的怒气消了一大半。后来，上了大学，我一口气读完的第一部长篇就是《李自成》。乖乖，好几本呢。

我的高考很不顺利，第一年预考都没有通过。可恨的数学，每次考试都是一二十分。拿着斧头，我挥舞一气，苦楝树成了发泄的对象，枝枝丫丫，飘落了一地，树干上，也是千疮百孔。我手臂酸了，斧头也卷了口。累累伤痕的苦楝树像龇牙咧嘴的怪兽，嘲笑着我的无能和窝囊。是跟着父亲学手艺还是"回炉深造"？我拿不定主意。说实话，身体孱弱的我，还真不是块学木匠的料。终于，我重返校园，拾起了书本。第二年，我终于考上如愿的学校。

后来，读书、工作、恋爱、结婚……我几乎没有时间和我的苦楝树亲密接触，渐渐地，遗忘了这位伙伴。前几年，回家的时候，看到屋西边空荡荡的，我才回忆起。父亲说，苦楝树不成器，早锯了，除了顺出几根凳腿料外，全部下了灶膛，烧了……

会唱歌的槐树

082

说句实话，随着年岁的增长，我漂泊的灵魂，越来越挣脱不了对老家的牵挂。这些年，老家变化不小，面貌日新月异：楼房、超市、喧闹……不过，我梦中的故乡却很简单：几间旧瓦屋，清澈的河水，袅袅的炊烟，再有，就是那婆娑着身影的苦楝树了。

老家的熏烧

老家人似乎对熏烧青睐有加，聚会碰头，或是家中来客，甚至打小牌赢了钱，吃熏烧是免不了的。

夏日。下午 4 点。当熏烧摊子——一辆装有尺把高的铝合金玻璃外罩的平板大车停上街头的时候，会呼啦一下围上很多人，个个都伸长脖子，等待挨宰似的。卖熏烧的一边忙碌一边微笑着说，别急别急，就来就来。收拾妥当，摊子的主人便操起一把快刀，在硕大而肥厚的砧板上飞快地切剁起来。卖家的眼睛有记忆，早已排好了序，谁先来，谁后到，有数得很——来的都是客，得罪不起。

当然，不是所有卖熏烧的都有如此"厚遇"的。小镇卖熏烧的不算多，八九家总该有的，但能做到门庭若市的也就两家：仁华和谭三。20 年前，顾小二子的熏烧曾一统小镇的天下，风光无限，但风水轮流转。小镇的食客是挑剔的，谁家的熏烧新鲜，便宜，味道好，早已口耳相传，心知肚明。不奇怪，巴掌大的镇子，祖宗八代翻出来也不算难事，还有什么能藏掖得住？

生意好的熏烧摊，主人手里的刀子是不会停下的，直到空空如也。萝卜青菜，各有所爱。对于老主顾，卖家自然是轻车熟路，问一下有几个人就行了，"内容"早已背得熟透：谁喜欢肥一些的，谁偏爱瘦一点的；谁喜欢有滋有味的鹅头鹅爪，谁喜欢养颜美容的猪爪。甚至，家中有老人，老人喜欢吃猪眼睛都一清二楚。这样，工作起来便能有的放矢，主动得多。

老家人喜欢熏烧，深究下去，原因是很多的。来人到客，饭店点菜，不实惠，不到万不得已不会去挨宰。去菜场买菜，嫌忙碌劳累。还是熏烧好，实惠又省事。乡下人，干体力活的居多，嘴淡，而熏烧里放了许多调料，口味重，解馋下饭。可别说，老家的熏烧还真给力：猪头肉色泽红润，肥而不腻，入口即化；五香鹅呈微金黄色，咸里带甜，香气诱人。

熏烧的制作过程并非想象的那么简单，程序还蛮繁复的。先要把猪头鹅等原料用滚烫的松香水煺干净细毛，接下来是"分门别类"。比如猪头，先割下耳朵、口条，再用刀子把猪头一分为二，卖熏烧的谓之"劈"。这看似简单的动作，可以窥见一个熏烧人的功夫，这一刀，要不偏不倚，不左不右。否则，烧好了的猪头肉，难看得很。接下来就是"汰"，用清水洗净，汰得不干净，味道会不纯正，有猪腥味。汰好后，把猪头等放进盛满老卤的大铁锅里，老卤里有调料，剩下的就是炖煮。火工有讲究，最好用煤炉，文火慢煨。说到调料，我要啰唆一下，这是非常讲究且最具个性的。不同的师傅，熏烧自然有不同的风格，这主要取决于调料，调料里有的是中药材，茴香、桂皮、花椒……多着呢。师傅领进门，好坏在个人。调料的取舍以及用量取决于制作者的敬业精神和对顾客的尊重。熏烧的咸淡甜辣，要靠平时摸索积累。在色香味俱佳的熏烧的背后，是卖熏烧的付出的艰辛劳动。

熏烧独特的品格在于卤子，它有化腐朽为神奇之功效。据说，每个做熏烧的家里都有一个大坛子，藏着老卤子。制作时放点老卤，熏烧才有味，好吃。而老卤子的秘方，卖熏烧的是守口如瓶的——这可是养家糊口的技艺。卤子固然重要，细节也不能忽视。精明的师傅在酱油的选择上也很注意，不少人喜欢使用"海天"的，使用后，猪头肉色泽发亮，油光光。让人垂涎三尺。

我在小镇教书的时候，多半光顾顾小二子的熏烧摊子。那时，工作压力大，生活也艰苦，一周下来，"嘴里能淡出个鸟来"。得空，常常去熏烧摊子，20元钱一扔。厚道的卖家总是多给我一些。拿上猪头肉、猪耳朵、鹅头鹅爪，还有一包花生米，邀上一两名同事，一瓶分金亭会瓜分殆尽，直喝得面红耳赤。

有人说，熏烧不登大雅之堂，是属于草根阶层的，这话不假。我想，大碗喝酒，大块吃肉，指的应该就是熏烧肉。酒？肯定是大麦烧。喝茅台就门不当户不对了，喝红酒更不适宜——太雅了。

我在外地工作，买熏烧是常有之事。外地的熏烧，比如猪头肉，死板板的，冰箱里放过，没有温情火热，吃起来少了一层味道。在老家，我目睹一位在苏南混得比较好的小伙子，西装革履，开着小车子，来到熏烧摊前，撂下几张红花花百元大钞，带上一大包猪头肉走了。上车前的小伙子一脸的委屈：苏南大饭店没少光顾，花花绿绿的菜，就是没有家乡的猪头肉好。

夏日炎炎。傍晚，暑气消退，凉风徐来。邀三五知己，找一僻静之所，摆上一桌，一碟花生米。开几瓶啤酒，边吃边聊，无拘无束。这绝对是人生一大乐事。只是，熏烧绝对要地道。显然，大邹熏烧，再合适不过。

像月饼那样圆满

　　除了月饼，我对 12 岁那年中秋节的记忆是一张白纸。

　　我生活的小镇偏僻，安逸。中秋节，条件好一些的人家会杀鸡宰鹅。这天，水码头是热闹的，都是来清理鸡鸭鹅的。条件差的人家就很难说了，但至少要敬月光、吃月饼。月饼是供销社食品厂生产的，圆圆满满，香甜，脆酥，一碰，层层脆皮会雪花一般坠落。月饼二三角钱一块，在当时不算便宜，甚至，可以说是奢侈品了。母亲一般买两三块。敬月光后，母亲会用菜刀把月饼小心翼翼地切成几个均等的小块，给望穿秋水的我们每人一小块。

　　一小块月饼对我这个馋猫来说绝对是杯水车薪。小伙伴里，我最羡慕的是"大头"。"大头"是家里的惯宝儿，父亲是商业社干部。中秋节的前一天，"大头"的手上便迫不及待地拿上了整块月饼，引得我们目不转睛，不住地咽着唾液。"大头"把月饼掰开，分给我们一小块，让我们喊他"司令"。除了喊，还要服从命令，听从指挥。

　　那是个"疯"的年龄。中秋月明，正是"打仗"的好时候。两军对垒，气氛森严。"大头"把他那白嫩的手掌一挥："冲啊！给我打！"于是，我们冲锋陷阵，冒着"敌人"的炮火前进。炮火是烂泥捏起的小球。还好，打在身上不算很疼。

后来，惭愧得很，我叛变了。收买我的是"疤子"，他用半块月饼引诱了我。吃进肚里我才知道，"疤子"的月饼来路不正。"疤子"的月饼是偷邻居"姑奶奶"的，自然是趁她敬月光的时候。小镇的习俗，敬月光院门是不作兴关的，要留着，让菩萨进来享用。仅有的几块月饼居然被端了锅，"姑奶奶"不能不出离愤怒。愤怒的方式自然是骂，漫无目的、铺天盖地地骂，引得整个巷子骚动起来。我们几个心虚，撒开双腿，跑得远远的，出了镇子。秋风里，隐约传来母亲喊我名字的声音……

很晚，我悄悄溜回了家。还好，父亲不在家。母亲没有说什么——看来已经风平浪静了。半夜里，父亲加班才回来。父亲是帮供销社锯木的。父亲带回来两块月饼——当时的供销社是肥得冒油的。母亲把我从梦中叫醒，递给我一小块月饼。迷迷糊糊中的我吃着月饼，不知道是梦境还是现实。

进了中学以后我就不那么馋嘴了，毕竟，人大了，学习任务也重了。再后来，我外出读书，工作，恋爱，成家。忙忙碌碌中我忽略了月饼，也忽略了我身边的亲人。童年月饼的美味慢慢在我的记忆里消失殆尽。

怀念月饼，是这几年的事情。近知天命之年的我，一个人在外奔波漂泊多年，越来越感到疲惫和困乏。常常，看到大街上销售月饼的广告，才知道中秋临近了。自然会想到妻子、女儿，还有年迈多病的双亲。思乡之情，油然而生。人未回家，心就先上了路。

每年，中秋敬月光，母亲是不让我插手的。我只能站在一边，呆呆地看着。干净的天井，中央放着一张小方桌。桌上琳琅满目：一盘月饼，几个苹果、石榴、香蕉、柿子，一段枝丫完整的藕，还有蜡烛和十三层的斗香……

清光里，母亲满脸虔诚，祈祷着，嘴巴一张一合，念念有词。祝福在外的儿女们一帆风顺，平平安安，日子过得甜蜜圆满，就像那中秋的月饼。

那个冬天那双布鞋

那个冬天，来得莽撞，几阵北风刮过，说冷就冷了。寒从脚边生，我跺了跺已经冻麻的脚，冰凉，鞋里没有丝毫的暖气。我脚汗严重，再干净的鞋，穿上一天，就会湿漉漉的。脚上的那双方口单布鞋穿了多久，我记不清了：鞋底已经磨得很薄，鞋帮也有些破了，很不跟脚。

晚上，母亲在她的木箱里摸索了半天，拿出一双用布条子扎着的新鞋，我的眼睛一亮：是一双崭新的布鞋，松紧口的，肥厚的鞋底，线眼密密麻麻，鞋里面衬着一层厚厚的白布。母亲嘱托我："好好穿，不要疯。"刚读初中的我，还是理解母亲的——做一双布鞋不容易，剪鞋样，纳鞋底，上鞋子，千针万线，耗时费力。母亲虽说没有文化，但心灵手巧，做的鞋子漂亮合脚，有模有样。套上厚厚的棉袜子，穿上崭新的布鞋，我感到浑身有了暖意。我不由得做了几个下蹲动作，奔跑了一阵，跟脚得很，感觉身轻如燕，脚底生风。

第二天，我穿着新鞋子上学。那个冬天，我们还处于"疯"的年龄："挤暖和""斗瘸子""老鹰抓小鸡"等，反正让身体热乎起来就行。"老鹰抓小鸡"要的就是身段敏捷，能"敌进我退，敌驻我扰"，显然，没有一双跟脚的鞋子不行。同学中，有个城里来的小子最灵巧，他有一双白色的回力球鞋，威风凛凛，吸引了班上不少女生的目光。不过，那天，我还算风光，穿着母亲做的松紧口布鞋，撒开步子，感到耳边冷风呼呼，平时跑得飞快的那个城里小子居然没有撵上我……

如果没有淮剧团来演出，那个冬天，肯定平平淡淡，波澜不惊。淮剧团是北方的，演出剧目是《珍珠塔》。对于这出戏，我还是有些了解的，讲的是一个才子佳人的故事。巷子里头的孙老伯讲过多次，总是绘声绘色，眉飞色舞。高潮时，孙老伯居然还闭着眼睛，打起节拍，摇头晃脑地唱上几句："恨只恨姑母娘，姑母娘把良心改变，不由我满腔怒火恨难填……""这姑母娘真是小人！""势利的小人！"周围听众显然受到感染，义愤填膺，恨不得能当面狠揍小方卿的姑母一顿。

演出的海报老早贴出了。因为这是个熟悉的故事，一下子，我变成了戏迷，很想去一睹"方卿""翠娥"的芳容。可是，囊中羞涩。跟大人要？绝对开不了这个口的。怎么办？怎么办？有个"哥们"现身说法，提醒我，从西边的男厕所爬过去。天助我也，正是个月黑风高的夜晚，我们悄悄摸到厕所边，感觉墙壁很高，我犹豫了一下，那个"哥们"倒是很热心，甘为人梯，终于，我踩着他的肩膀攀上了墙。走上几步，来到了电影院这边，下边黑咕隆咚，透过不远处的小门门缝，我看到了花花绿绿的舞台。蹲下身来，我双手抓着墙沿，准备往下溜，墙上冰冷，已经有霜露了——不管了！呵呵，成功了，就要成功了。"不许动！"炸雷一般的声音，很快，一个黑影抓住了我的后衣领，我魂飞魄散，两个腿子瘫软下来。"嘿嘿，细猴子还想翻出我的掌心？"黑影颇有几分得意。听得出，是影剧院的孙三。坏了，这是个原则性很强的人，看来他是专门在此守株待兔的。孙三老鹰抓小鸡一般揪着我，我试着挣脱了一下，显然是蚍蜉撼树。孙三揪着我，穿过剧场——看来是想把我送出去。好在，观众席光线昏暗，大家都在全神贯注看着舞台，谁也没有注意到狼狈不堪的我。到了大门口，孙三弯腰扒下了我的鞋子——没收，以示惩罚。赤着脚，我悻悻地溜了出来，满脸羞愧，像偷了人家的东西。风呜呜地吹着，我的身后传来了剧场里小方卿的唱段："恨只恨姑母娘，姑母娘把良心改变，不由我满腔怒火恨难填……"那唱腔，高亢苍凉，千回百转，好像在追赶着我。

那一晚，我睡得很不踏实，并非担心要挨骂——在母亲面前撒个谎，求得谅解还是很容易的，只是，心里面确确实实感到，可惜了那双布鞋！

串　门

　　乡下的围墙低矮，低矮得不需踮脚就能看见天井。乡下人的院落是藏不住秘密的，可以随时走进去——院门多半开着，或者半掩着，留给风，留给阳光，也留给串门的人。

　　一年 365 天，春耕，夏种，秋收，熬过这些忙碌的时段，乡下人就可以喘口气了。他们休闲的方式是串门。走东家，串西家。串门是个理由，聊天才是目的。这是个不需要技术的活儿，无拘无束，天南海北，东拉西扯。

　　这当然是多年以前的场景了。那时，乡下没有高大鲜亮的房屋，烟囱还冒着青烟，河里到处是乱窜的小鱼。乡下人在自己的村庄周围画了一个并不存在圆，把自己圈在里面。圈在里面的他们用串门联络感情，聊的是鸡零狗碎、家长里短：谁家的母猪怀上了崽，谁家的媳妇生了胖儿，谁家儿子找了个姑娘，谁和谁相好了……乡下人用嘴巴和耳朵传播消息，从这户人家到另一户人家，从这个村子到另一个村子，速度比风还要快。

　　我的母亲就是个热衷于串门的乡下人，不管多远，她都要赶过去，哪怕是我姥姥家的庄子。母亲是个直肠子，有什么说什么，无意中招惹了不少是非。父亲为此劝母亲少去串门："南说江，北说海，有什么意思呢。"

母亲改不了，就像父亲永远戒不了的烟瘾一样。母亲串门，多多少少还是有些功利目的的：大集体时，她要打听清楚什么时候分粮，好早一点过去，去迟了，都是脚料，沙粒多；联产承包时，要打听清楚，什么地方割麦了，她好去捡拾麦穗，家里的粮食实在不够吃。

冬天，农活少了，乡村里有些清冷无聊。晚上，昏黄的煤油灯下，几个女人，围坐着，纳着鞋底，叽叽喳喳。她们细心地把本村的邻村的小伙和姑娘梳理着，一个一个放到手上。她们手就是秤，掂一掂，几斤几两，一目了然。于是，一块馒头搭一块糕，谁和谁般配便心中有数了，撮合的工作开始筹划。等鞋底纳到一半，一桩好事也商量得七不离八——就等做媒吃喜酒了。

终于有一天，乡下人发现，没空串门了，他们要去做更重要的事情——赚钱。于是，他们背着行囊进了城，打工，做生意，或者当老板。外面有的是钱，把它赚回来才算本事。打工回来，他们带回了一沓沓鲜亮的钞票还有一肚子酸甜苦辣的故事。放下行囊，他们第一件要做的事就是急急呼呼地去串门。看得出，他们憋坏了。

城里人很少串门，钢筋和水泥足够保护他们的私人空间。无事不登三宝殿。偶尔造访，都是不得已的事。一进门，主人会"热情"地给你递上拖鞋或者鞋套，折腾一番，聊天的热情已经消失殆尽。

在城里，乡下人是憋屈的，一肚子的话有时只能咽在肚里，慢慢烂掉。就像我，憋屈久了，我会溜到乡下。走在老家的巷子里，我敲着邻居家的门，喊着那些我曾经熟悉的名字。在我以前经常串门的红伙家，我把门敲得咚咚响，对门的红香告诉我，主人春节回来露一下面又走了，忙呢。我有些失望，在门缝里看见两个已经风干的隔年丝瓜，悬在院子里的苦楝树上，在寒风里摇晃。

有一回，很尴尬。我站在邻巷的张奶奶家门口，腰弯腿瘸的主人挂着拐棍，露出怯生生的目光，好像在问，你找谁呀？我这才知道，我已经离家十几年了。我草草敷衍了几句，仓皇而逃，像一只没头的苍蝇。转了一圈，我终于发现，喜欢串门的人都去了城里，而留守的，除了老人，都聚到了一个地方联欢，那个地方名叫棋牌室。

喜欢串门的母亲，在视力急剧下降后对这项活动完全失去了兴致，蜷缩在自家的院落里，不愿再挪动半步，静默得就像一棵树。她不再关心麦子稻子，不再关心油盐酱醋。她每天的工作就是守株待兔，坐等邻居和儿女跟她聊天。

天气好，母亲会搬张椅子，坐在院子里打盹。太阳下的母亲，头不停地点着——失眠症困扰了她几十年，现在，眼病又开始侵扰，串门已经成了母亲的奢侈品，她消费不起。岁月把母亲收拾得没了一点脾气，她只能愿赌服输，在自己的世界里，一天一天地老去。

虹桥西巷

　　35年前，古镇大邹的虹桥西巷，肯定目睹过这样一群细猴子：要么在巷子里头追逐嬉闹；要么静坐在孙汉文老伯的家里听《岳飞传》；要么站在卖糖的何大伯家门口，一边看着做麦芽糖一边不停地咽着口水。作为这群细猴子里的一员，我在这条歪斜的老巷里生活了将近20年，直到1983年考上大学。

　　比起镇上的"堂子巷""糖坊巷"和"茶水炉子巷"来，虹桥西巷的名字显然更有诗意些，它的名字和一座木桥有关系。木桥在虹桥西巷的东南方，三节头，20米长，4米宽，用六根粗大的木桩固定，桥上铺着厚厚的木板。桥下是碧波荡漾的小河，两岸长满芦苇。深秋是属于芦苇的，夕阳斜照，芦穗摇曳，芦絮飘飞。从东向西远看木桥，俨然是浮云之上的一道彩虹，木桥故而被称为虹桥。镇上人有浓厚的"虹桥情结"，很多人家孩子的小名就以桥命名，比如"桥喜""桥女""大桥子"和"小桥子"等。如此看来，镇上人把北面正对着虹桥的巷子称为虹桥中巷，东西两边的巷子分别称为虹桥东巷和虹桥西巷，就不奇怪了。

　　虹桥西巷曲折幽长，从北到南，120多步。老巷两边斑驳的瓦房，住着19户人家，大多是做手艺卖苦力的。其中，经商做生意的2户，木匠3户，瓦匠1户，铁匠1户，做米摊饼的2户，杀猪匠2户，劁猪匠1户，挑担换糖的1户，其余都是农民，种田为生。只是，农民和农民是不同的，比如，9号的周家，全家务农，但主人是小队会计，识字断文，邻里间的威信就高，家境也好些。

虹桥西巷的清晨是热闹的。起得最早的是做米饼的两户人家，天不亮就起床，先把锅灶和黄豆秸之类的燃物抬到大街的十字路口，然后生火做饼。镇上人喜欢吃米饼包油条，不需吆喝，米饼总是卖得精光。在做米饼后面起床的是本巷和邻巷来河边挑水的。经过一夜的沉淀，河水清澈干净，得趁着没人惊动的时候把水缸加满。接着，生炉子、倒马桶的出来了，巷子里慢慢热闹起来。吃早饭，大家都喜欢捧着碗到巷上，喝粥的声响老远就能听见。那个时候，对于"吃"，人们的感官分外敏锐，哪家吃什么，老远就能闻见听见了。

邻里之间，吵架也是免不了的。原因很多：砌房子寸土不让的，小孩吵架挨了欺负的，或是邻居家孩子逮蟋蟀把围墙弄塌了的，不一而足。吵了架，可能会有几天不说话，但不可能憋得很久。炊烟最先背叛主人，一阵乱风，会让它们彼此缠在一起，恩恩爱爱。没几天，孩子们又打得火热地玩在一起了，滚铜板，捉迷藏。大人们看到，也就不争这口气了。乡里乡亲，低头不见抬头见，远亲不如近邻，谁让咱们是邻居呢。

巷子青砖铺就，中间微微鼓起。路两边的泥地，一到春天，总有针一样的小草冒出，争先恐后，密密匝匝。巷西边有一块空地，五六个草垛，是巷中孩子的乐园，"打仗"，捉迷藏，逮知了……快乐的事情多得是。也有负气出走的孩子躲在草垛里过夜，等着大人找到他们。空地北边有一块低平的洼地，一农户用来种香瓜，藤蔓上结得满满的，虽说只有拳头大，但又甜又脆。我尝过。小学三年级时的暑假，我伙同邻居家的孩子一起去偷，被杀猪匠的妻子发现告发，瓜主人跑到我父亲面前喋喋不休，说吃几个瓜是小事，要教育孩子，小时偷针，长大偷金。父亲明白"教育"的含义，脸色凝重，先是不停地发着纸烟打招呼，然后就解下裤腰带抽打我，噼噼啪啪，几十下，我身上立即青一道紫一道。要不是邻居孙奶奶打圆场，那个夏天，我的父亲肯定会成为"杀人犯"。

父亲大义灭亲的目的显然是告诉我，穷要有骨气。说到穷，虹桥西巷确是古镇名副其实的"贫困区"。非要在巷子里挑出个殷实些的，我会选周会计家。我不知道小队会计是多大的官，但我知道，至少，周家人从来没有为肚皮愁过。邻居的眼睛是雪亮的，他们能结合周家人的脸色以及周家的厨房里传出的灯光、热气、酸甜的味道推测出：周家又做米饼了。那种饼我家也做过，老家人喜欢称之为糟饼，又甜又酸还能熬饿。只是，母亲做的次数极少，做到一次便是我们家的节日。周家人几乎天天过节，还有比这更快乐的吗？只是，周家人是低调的，藏藏掖掖。周会计的母亲锅大妈是个大好人，对我家这样的穷邻居抱有恻隐之心。我记得她给过我家两次萝卜干，都是趁她家里没人时，用粗瓷大碗，偷偷递送过来的。那个萝卜干子，咸、甜、脆，下饭，胜过一切山珍海味。好人自然有好报。一个冬天的下午，母亲在厕所旁边捡到一张存折，主人"赵五子"，500元的定期。那个时候没有身份证，"印章"是唯一的凭证，母亲只要请人刻个"赵五子"的印章，冒领是没有问题的。母亲信佛，坚信昧下这钱会响雷打头的。母亲不知道"赵五子"是谁，多方打听，惊动了整条巷子。锅大妈得知，赶紧说，是我的，是我的。原来这是老人积攒多年的私房钱，母亲也是第一次知道"锅大妈"原来叫赵五子。对着我的母亲，锅大妈"好人好人"叫个不停。

虹桥西巷有好多能人，祥奶奶便是其中之一。祥奶奶个子不高，小脚，走起路来却是一阵风。祥奶奶出生在大户人家，成分不好，富农，嫁给同样成分不好的富农邹家。祥奶奶当家时，邹家破落得不成样子，好在有个勤俭持家的祥奶奶，打理得还算井井有条。祥奶奶的针线活做得相当好。

据说，祥奶奶结婚的时候，婆家丢了块布料，让她做一条裤子。"要想富，做条裤"，这是新媳妇进门的必修课。祥奶奶三下五除二，裤子做得不大不小，不长不短。接着，婆家出了一道难题——"补肩"：公公的一件旧衣服，肩膀处破了，让儿媳补上。这道难题，据说一百个新媳妇里，过关的顶多两三位。许多新媳妇因为补得不匀称，不好看，拆了补，补了拆，哭得跟泪人似的。祥奶奶补得方正、匀称，针线细密，大考通过。"绣花不为巧，但愿补得好"，这是祥奶奶常说的话。即使补个补丁，祥奶奶也要认认真真，尽善尽美，说这样穿出去体面。祥奶奶做的虎鞋，虎虎生威，栩栩如生。祥奶奶裹的粽子，结实好看，俨然是个艺术品。每年，端午节前夕，祥奶奶总被人请去裹粽子，我母亲裹粽子的手艺就是祥奶奶传授的。祥奶奶还烧的一手好菜，有一年，我嫂子一家来我家相亲，母亲手忙脚乱，只好求助祥奶奶。祥奶奶在最短的时间里，忙出一桌菜来，什么肉烧茨菇、鸭烧芋头等，色香味俱全。祥奶奶眼睛好，70多岁还能穿针引线。常常看到祥奶奶坐在巷子中间做针线活，三五个女人围在旁边看着学着，家长里短，叽叽喳喳。

孙汉文老人，可以说是当年巷子里乃至全镇文化程度最高的。这位老秀才，经史子集滚瓜烂熟。他那又大又圆的肚子里有着数不尽的好故事。我至今还记得他讲的李春芳的故事。进京赶考途中，李春芳看到一位老太太，守着一笸斗小麦等待渡河。渡船靠岸，李春芳帮老人把麦子搭上船，老太太感动万分，说了句"好人有好报"就不见了。殿试时，皇帝指着殿内熊熊燃烧的炭火，出了个上联："炭黑火红灰似雪。"李春芳听了，猛地想起老太太，脱口而出："麦黄面赤粉如霜"，皇帝大喜，当即钦点他当了状元。

孙老伯讲故事，讲究文采，能时不时冒出一两首古诗或是经典对子。比如："日照龙鳞万盏灯"对"风吹马尾千条线"、"暑鼠梁凉客咳惊"对"饥鸡石食童筒打"等。他讲的《唐伯虎点秋香》《岳飞传》曾让我们如痴如醉，回味无穷。如今，老人早已作古，留下的几间空荡的屋子，大门紧锁。昏黄的阳光照在黑瓦红墙上，苍凉忧伤。透过门缝，偶尔会看见几只觅食的灰色麻雀在院子里飞来飞去。

当年风光无限的虹桥早已坍塌，桥下的河流也因为污染被填平，变成一条宽阔的水泥马路。马路边摆满摊子，叫卖声，还价声，来往车辆的鸣叫声以及各种世俗的声音，不绝于耳。与这里的热闹喧嚣形成对照的是几步远的虹桥西巷，清冷、幽静。巷子里大部分年轻人都外出打拼，一把把大锁锁住破旧的门，也锁住了小巷的辉煌岁月。不过，邻里之间滚烫的乡情锁不住——春节回家，邻居间偶遇，依旧嘘寒问暖，谈笑风生。

巷里头，大部分人家的房子都已经修葺加固，抹上了一层厚厚的水泥。这些历经沧桑的旧屋，在岁月的风雨里顽强挺立，守着孤独和寂寞，也守着古镇游子的乡愁。

古镇最后的铁匠

　　铁匠铺是离田头最近的地方。

　　当油菜们用一个冬天积蓄的力气吐出金黄花朵的时候，农民便开始拥有了一个多月的悠闲时光。农民是闲不住的，闲不住就会找活干，在找到活儿之前，自然先要拾掇好农具，为一个多月以后的农忙做好准备。很快，那些躲在角落里的大锹小锹、镰刀锄头被请了出来：该回炉的回炉，该新打的新打。

　　"菜花黄，铁匠忙。"田头悠闲，恰是铁匠铺最为忙碌的时候。铺子的主人早已备好了焦炭，养足了气力——他们知道，农民会漫涌而来，连同那些田头的消息。

　　当沾有泥土的双脚踏上古镇水泥大道的时候，农民便听到了叮叮当当的铁锤声。循声而去，一个20平方米左右的铁匠铺呈现眼前：熊熊的炉火，通红的铁坯，还有挂在墙上几件做好的镰刀、铲锹等农具。铁匠师傅左手铁钳，右手小锤。伴随着激越的锤声，火星烟花一般地飞溅。

　　铁匠铺的主人姓江，排行老七，人称"江七"。江七60出头，戴一副老花镜，一件洗得有些发白的旧棉袄当成了工作服。进入铺子的农民说出自己要买的农具后，江师傅会抬头看他一眼，点下头，算是认可，权当订下合同。江师傅的手不肯停下来，他用叮叮当当的锤声来和这些新老朋友打招呼。

这座名叫大邹的古镇，曾经商贾云集，店铺林立，铁锤声此起彼伏。二十世纪五六十年代，古镇的铁木社如火如荼，17张铁匠炉，一字排开，蔚为壮观。17张炉子，围着34个铮铮铁汉。34名铁匠里，手艺好的当属"王玉芝""徐宏杰"和"杨正芝"三人，这三大红炉，在兴化北部地区名声响亮，打制的生产生活的铁器产品畅销一时。好像被一阵风刮走了，如今的古镇，铁匠铺只剩下紧挨在一起的两家，相互依偎在古镇东北、原猪集的旧址上。东面是姜师傅，西边是江师傅。

江师傅便是江七。他打制的镰刀铲锹之类的小农具，在古镇以及邻近的乡镇颇有名气。与古镇一河之隔的盐都农民，常常被江七的铁锤声吸引，溜过来买上几件。在兴盐河的两岸，江七的镰刀就是他的名片，这件出色的冷兵器，寒光一闪，所向披靡，让成熟的麦子闻风丧胆。收麦如救火，割麦是关键。这个环节万万不能掉链子的，想不掉链子很简单，得有把江七打制的好镰刀，锋利，顺手。也有图省事的，花了20块钱在摊头随便买了一把，割不到多久，就卷了口，磨也没用，只能把活停下来找江七，费钱是小事，误了农时可是大事。

江七的镰刀贵，低于35块不卖。而且要预约，七八天后才可以取到。这位自称"老油条"的手艺人给自己立了一条规矩：高兴就做，不高兴就歇气，绝不赶进度。这个规矩，几十年没有变。难怪古镇不少人说江七傲慢。江七解释，铁制品的生产，有一道工序是"冷"，产品晾上一段时间，能方便观察，找出弊端。江七告诉我，镰刀出了铺子，有问题回头，还是要自己来收拾，得不偿失。所以，江七宁可"慢"一点，也要保证刀子的质量。江七有慢的资本：他的镰刀好使，不愁销路。

偶尔，也出现过这样的情况：预约到期，人过来拿镰刀时，却发现刀被"冒领"了。来人也不生气，笑笑，再次预约。江七破例加班，一阵叮叮当当，镰刀打成了，"冷"上两天，他会让人捎过去——手艺人得讲究诚信。农民憨厚，他们不会因为江七的一次失约而生气：错过麦子，还有稻子；错过今年，还有明年。谁让江七的镰刀好使呢，没办法。

江七15岁学徒。谈起为什么学铁匠，江七说，家里穷，混口饭吃。这是唯一的原因。江七是跟叔子后面学艺的。那时候，学手艺是要交学费的，每个月交一定数量的大米和香油。江七交不起。好在是自己的叔子，也就没有这些规矩了。

"开始学打铁，真有些兴奋。"江七说。能让铁块变得通红的炉子，可以发出清脆声音的铁锤，还有可以让火苗跳舞的风箱……这些都让江七感到铁匠活儿的有趣。更让他感到有趣的是铁匠的手，可以变魔术，把坚硬的铁块变成面团，可以随心所欲地揉搓，用钳子和锤子，敲打出各式各样的器物。

面对着烧得通红的铁疙瘩，师傅告诉江七，必须学会用第三只手。铁匠的第三只手就是钳子和铁锤。不是所有的人都能用好这第三只手的。有些不开窍的徒弟，跟在师傅后面抡了五六年的大锤，只能打些"门搭""钉子"之类的小五杂，出不了师。江七呢，三年便能独当一面，做出刀锹斧凿这些大五杂，件件有模有样。江七告诉我，所有的用具里，最难做的便是剪刀，别看它小，几乎涵盖了铁匠行当里的所有技巧，一把开合自如而又锋利耐用的剪刀，没有相当的基本功绝对做不来。

天下行业有三苦，撑船，打铁，做豆腐。学徒一年后，江七才知道，铁匠活又脏又累，风光的背后全是辛酸。一副好身体是远远不够的，铁砧上锻打得更多的是一个人的毅力、耐心还有智慧。出师后的江七在钓鱼镇干过两年，他用手艺和耐心赢得了一位姑娘的芳心。姑娘姓杨。做了江七的妻子后，左邻右舍喊杨姑娘为"七妈"。七妈不容易，除了洗衣烧饭，还要帮助丈夫抡大锤。

江七的镰刀有三包：不卷口，不夹灰，不裂库。不夹灰就是刀口的钢和铁融为一体，只有超过1200℃的高温，软硬度不一样的铁和钢才能融为一体。"库"是镰刀安防木柄的地方，要做得好看丰满而又结实确实不容易，一不小心，就会裂开，"炸库"。卖出的镰刀出现问题，江七会二话不说，回炉，甚至重新做一把。他的每件农具从铺子里出去都会有痕记，有的上面有个"江"字印戳，有的上面留有凹槽，这是镰刀的"身份证"。设计这些是谨防假冒。对于一个匠人来说，名声可是大事。

做成一把镰刀，须"千锤百炼"。先把烧红的铁坯放在铁砧上，不停地敲打，打完了放进冷水里蘸浸一下，再放在炉火上烧红，然后取出来继续用锤子敲打，让它平整均匀，最后才能送到农民的手里。江七告诉我，镰刀打制，最重要的工序是"淬火"，这道工序看起来容易，做起来挺难，只能凭经验来掌握火候。淬火是为了增强刀的硬度，但过了头，刀锋又会变脆，容易折断。

有个真实的事情，跟江七有关。我的本家六叔，木匠手艺好，退出江湖不久，有个朋友找了些水曲柳的料子，想请他打一张八仙桌。盛情难却，可六叔的工具已经不全。六叔随手在摊头上买了一把凿子，没想到，这把凿子一碰上坚硬的水曲柳便崩坏了，换了5把，坏了5把。最后，六叔只得把坏了刀口的凿子送到江七那里，添钢淬火，凿子终于不辱使命。

古镇人喜欢用"波俏"这个词来形容江七做的菜刀：小巧锋利耐用。"兴化人用刀，喜欢方形的，方头便于除去鱼的肠头；盐城人喜欢圆形的，方便铲锅，他们有做糟饼的习惯。"江七说。几十年前，嫁到古镇的"二姨娘"，每次回盐城秦南贺家驿的娘家，邻居们吩咐她，下次来时多捎上几把江七的菜刀。从此，二姨娘回娘家总是不忘带上几把菜刀。最多的时候，竟带了8把。

江七带过10个徒弟。现在，这些徒弟没有一个做铁匠的。他的小儿子是他的第九个徒弟，抡了6年大锤，最后还是开了小差，吃不下这个苦。

没有了下手，江七只能有劳妻子。8斤重的大锤，在七妈的手里，照样能自如地抡起来。江七有些舍不得，毕竟是女人啊。好在，他很快添置了鼓风机、空气锤，七妈终于解放出来。偶尔，加工大型农具，空气锤不好操作，七妈还得披挂上阵。

每天，江七按时给他的炉子生火，按时挥动他的铁锤，把岁月的艰辛和人生的体味一点点敲打进自己的作品里。这几年，收割机多了，江七的生意多多少少受到些影响，做镰刀的明显少了。江七的收入谈不上丰厚，但凭借自己手艺，温饱无忧。只要高兴，还可以抿上几口酒。比起喝酒，江七更喜欢喝茶。他是全镇最早起来吃早饭的，5点半，雷打不动。手艺人辛苦，他们也就更能找寻到生活的乐趣。在古镇的王四饭店，一盘干丝一碗面条，能让江七坐上个把小时。王四饭店位于古镇的东码头，顾客多半是乡下的农民。一大早，饭店里坐满了人，还有，那些挤得到处都是关于土地和庄稼的消息。

江七告诉我，岁数不饶人，这几年，他的腰疼得厉害，有时，真不想干了，但要吃饭，不能不干。有人跟江七开玩笑，让他出去贩些镰刀回来卖，打他江七的牌子，12块多的刀，能卖到35块，油菜花开的时候，一个早晨肯定能卖出十把八把，省力省时。江七笑笑，说，如果这样，第二年，他的刀就会一把也卖不出去，他一辈子经营的名声一个上午就能毁掉。江七对自己的名声是敬畏的，就像一个女子看待自己的贞洁一样。

一座古镇，没有了叮叮当当的铁锤声肯定清冷而寂寥。古镇人听惯了铁锤清脆的声音，就像听惯了鸟雀的鸣叫一样。600多岁的古镇，依旧活着，锤声便是它呼吸的声音。只要身体吃得消，江七的铁锤就会一年一年地敲打下去，在每一个菜花盛开的清晨，每一个麦浪滔天的黄昏，是呐喊也是祝福：叮叮当当，叮叮当当。

古镇最后的木匠

　　除了木匠，没有人能让躺倒的树木重新伫立。木匠用斧头凿子给木头安上腿子后，它便能像牲口一样地站起来。这个时候，木头有了个新的名字：桌子或者椅子。

　　古镇的冬天，屋前屋后那些成了气候的榆树槐树还有楝树，总有些心惊胆战，稍不留神主人就会把它放倒，砍掉枝丫后丢进河里。沤上大半年，树干会被捞上来，晾干，运到锯木厂，剖成木板。这些木板静静地码在一个角落里，每块用砖头隔开，方便通风。时间会改变一切，等木板里的水分少到一定程度，它便没了脾气。没了脾气的木头，做成的家具才会老实，不会变形走样，也不会裂缝。一段一段的木头，在变成一张张溜光鲜亮的桌椅的同时，也完成了自己的"凤凰涅槃"——它们用另外一种生命形式存活下来：50年，100年，甚至更长。

　　邹明生就是那个可以让倒下的树木站起来、并且站得很久的木匠。只是，像他这样纯粹凭着木匠手艺挣钱的，在古镇已经不多见了，珍稀得跟镇上极少数人家保存完好的明清家具一样。

　　古镇东西走向的丰乐路上，两间朝南的小店铺，便是邹明生工作的场所。行单影只的他，常常一工作就是半天。坐在矮凳上的老邹，一边雕着木板，一边回答我的提问。旁边，乱七八糟的木料堆得老高。老邹今年60岁，不高，但壮实。他的话语不多，似乎在暗示我，他是靠斧头吃饭的，自然也要靠斧头讲话。我们来到了堂屋，这里有几张白身子的太师椅，非常精致。我用手搬了一下，很沉。邹明生17岁学徒，做了43年的木匠，专门打制八仙桌、琴凳和太师椅25年。面对我，邹明生有些兴奋，眼睛亮得就像他斧头的锋刃。他说，镇上的八仙桌，上档次的，有一大半是他的作品。

邹明生打制的桌凳，哪怕十年八年，他也能一眼认出来。跟认自己的孩子一样。老邹说，桌椅会说话，但只有木匠可以听得见。桌椅是木匠的孩子，木匠便是它们的父亲，每一张桌椅都会留下木匠的痕迹。比如，木板的光滑程度、榫卯结合的松紧度等。一个浮躁的木匠，刨工可能会不到家，桌椅摸上去就会扎手，讲究的漆匠不会接他的活——费砂纸不谈，坏名声呢。更有学艺不精、徒有虚名的木匠，打制的方桌，腿子不直，像稍息似的，内行人称之为"狗撒尿"，难听但形象。对自己做的家什，邹明生颇为自信：平整光滑，宛如孩子的肌肤；榫卯结合，天衣无缝，找不出一丝间隙。25年，邹明生没有用过一枚钉子或者木螺丝。

其实，古镇不缺好木匠。只是，那些手艺出众的，不是去城里搞起了装修，就是在古镇做起了家具生意，进货卖货，一转手便是几百上千。赚足了腰包，这些人才发现，他们存放斧头的工具箱已经不知丢到什么地方，连同他们的手艺。偌大的古镇，只剩下邹明生一人，和他朝夕相伴的，除了斧头、凿子、锯子、刨子，还有清贫和寂寞。老邹很满足，只要有口饭吃，他就不想丢掉自己的手艺。

镇上人把木匠分为三类："水作""高作"和"细作"。"水作"造船，"高作"建房，"细作"做家具。邹明生属于细作，也就是人们说的细木匠。细木匠讲究精雕细刻，所做家什，费时费力，不惜工时。据说，明清之时，很多细木匠都由大户人家养着：干活时发放银两，不干活时管吃饱喝足。想来也有道理，没有后顾之忧，手艺人才会安下心来，做的活才会精致，精致的作品方能经得起时间的考验。

　　称职的木匠一定是孤独的，就像老邹。木工活耗时间，一对太师椅40个工，一张八仙桌20个工，四张琴凳10个工。漫长的工期，考验的是木匠的安静和耐心。古典家具，雕龙刻凤少不了，全是手工，单雕刻的工具就有"圆凿""筋凿""平口""斜口"等十多种。老邹打制的太师椅的背壁图案常见的是"福禄寿"，刻的是如意、拐杖、香炉、蝙蝠之类。有时也刻花瓶花卉和人物。这些浮雕，夸张适度，层次丰富，立体感强。可以说，没有细腻的刀法，一定的美术功底，很难刻得如此鲜活生动的。

　　如果说古典家具最难的雕龙刻凤，那就大错特错了。雕龙刻凤耗的是时间，考验的是细心。最难的，还是榫卯的结合。要做到准确无误、严丝合缝，绝非一日之功。太师椅里有一道工序叫"眼里做榫，榫里做眼"，很难，须小心翼翼。一不小心，料子便能废了。所谓"长木匠短铁匠"，就是提醒木匠谨慎再谨慎。其实，再好的木匠也有困惑不解的时候。空闲的时候，老邹会和古镇的木匠们交流沟通，比如我的父亲、我的本家六叔，他们曾经是古镇木匠里手艺出类拔萃的。老邹的桌上有一本《明清家具》，他视如珍宝，没事就拿出翻翻。

　　邹明生做家什的料子一般是柏木。没木料了，他会雇辆卡车，去竹泓进货。早些年，他是雇一条七八吨的挂桨船，到兴化南门外的木材市场进货。早上，天没亮，从大邹出发，两个小时到兴化。在木材市场，他要精挑细选，晚上才能到家。选材料是考验一个木匠基本功的重要方面，凭的经验和感觉，当然也有运气。买木材，最怕的树木"转丝""脱心"：树一剖开，会炸裂，只能送进灶膛。每次选材，老邹都小心翼翼，生怕一个闪失，钱打了水漂。老马也会失蹄。邹明生有过一次这样的经历，买了根脱心的木头：剖开来，木材炸裂，散得到处都是。老邹为此郁闷了好几天，花的可是自己的血汗钱啊。木材进回来后，邹明生要顺料子，"木匠手里无弃材"，他要把每根木料的作用发挥到极致。

这些年，木匠这个称呼贬值得厉害。许多木匠沦落为木工，没了"匠"，就是一个工人，只会拼凑组装的工人。电脑刻画、电锯电刨的广泛使用，让家具成了流水线上出来的产品，没有个性，没有精神和品质。这些产品凭借低廉的价格充斥着家具市场，气势汹汹，一时，鱼目混珠。生意清淡了，可邹明生就是不愿意改行。

孤独的老邹还是有知音的，侍先生应该算一个。侍先生是个企业家，喜欢收藏旧家具，而邹明生擅长旧家具修复，两人就这样找到了共同的语言。修旧如旧，不破坏旧家具的整体风貌，这是他们两人的共同观点。侍先生收藏老家具，纯粹是爱好。这个爱好，费钱，费工夫，还需要胆量和眼光。偶尔，侍先生会把散了架的桌椅买回来，自然是旧东西，请邹明生拼凑。买回来的东西，缺胳膊少腿，侍先生会去买来相同材质的木头，请邹明生给他照葫芦画瓢地配起来。一次，侍先生买回来一堆木头，是个楠木的插屏底座，明朝的。邹明生鼓捣了半天，终于，插屏底座站了起来。这个插屏底座木雕精美，麒麟玉兔栩栩如生。侍先生说，这样的插屏，在当时，必是官职很高的官员才能用。侍先生跟我开玩笑说，没有了邹师傅，他的一堆老木头，只有进灶膛的份了。

现在的邹明生是古镇的一块招牌。镇上许多老板，把老邹打制的太师椅当成大礼送人。你不能不佩服这些老板的"眼光"，如今，谁在乎钱呢？土特产、烟酒，太俗气了。送太师椅多好，有文化，高雅，还能传世。只是，心急吃不了热豆腐，需在几个月前订制。订制后，剩下的就是等待，不急不忙。有时，顾客火烧火燎，老邹依旧不慌不忙。等差不多了，他会招呼你一声，好了，提货吧。等到把桌子椅子搬到顾客的车上，小心翼翼捆扎好。老邹的心里有种说不出的感觉——就像女儿出嫁一样。这些耗费了他大量心血的桌椅，也许一辈子再也看不见了。

十个木匠有九个是喜欢夏天的。夏天气温高，日头长。木匠们手脚灵便，做的活计多。木匠是清苦的，一斧一刨，一锯一凿，用脑费力。一天下来，精疲力尽的木匠们不会亏待自己，他们喜欢烟来犒劳透支的身体，用酒稀释他们职业的疲惫。邹明生喜欢酒，但酒量不大，半玻璃杯，能喝上半个时辰，满脸通红。菜不讲究，最爱烧螺蛳或者烧小杂鱼。其实，对于一个木匠来说，他们的作品也许是最好的下酒菜，它们让木匠在赢得了尊重的同时拥有了成就感。邹明生喜欢在自己新打制的桌子椅子前，细斟慢饮，度过他一天里最快乐的光阴。做累了，或是生意清淡的时候，他会坐在门口晒太阳，捧着一壶好茶，朝着来来往往的人发呆。

"怎么不收几个徒弟？"我问邹明生。

"徒弟？谁能吃得下这个苦啊。"邹明生一脸的无奈。他前前后后带过十多个徒弟，现在没有一个做古典家具的。他最后一个徒弟好几年前改行，做起了装修生意。

"你准备做到多少岁？"我说。

"能做多久就做多久吧。要吃饭呢。"

邹明生的胃不好，这是许多木匠都逃不了的职业病。太劳累了。在店铺里，我发现了电锯和电刨。这两个宝贝减轻了邹明生的劳动强度，也延长了他的木匠生涯，他没有理由拒绝。我知道，总有一天，邹明生会做不动，木工活对身体的要求太高了。我不清楚邹明生将来用什么方式来金盆洗手，但有一点肯定，那应该是非常伤感和悲壮的。一门手艺，在古镇就要销声匿迹。

邹明生的木工活是纯粹的手工，精细而又牢实的八仙桌和太师椅，带着他的汗渍、体温，还有他的故事。这些滑溜而有质感的桌椅，怎么摸怎么舒服，怎么看怎么耐看。

"你的作品可以传世，寿命超过镇上最好的房屋。"我说。

"久远的东西，可能最时尚。"邹明生说。他有理由。买他太师椅的，多半是有钱而又追求时尚的城里人。

　　离开古镇的时候，天下起了小雨。在和老邹那两间小店铺道别的瞬间，我想起作家刘亮程在散文《坎土曼的事情》结尾说过的一句话："我们变来变去，最后被这些不变的东西吸引，来到他们身边，想问一句：你们为何不变？突然有个更大的疑问悬在头顶：我们为何改变？"

第三辑

肾虚的村庄

里下河蟹农

每一个里下河农民都有一个美丽的发财梦。

有道是，靠山吃山，靠水吃水。里下河农民，身处水乡泽国，想发财，自然要在水上做些文章。不要说，养蟹肯定是水文章里最为重要、最有分量的一篇。

波光潋滟的水面上，一叶小船，自如穿梭，任意东西。船上的两口子，男的划船，女的抛食。那立在船头的水乡妹子，裹着头巾，戴着斗笠，浑身上下捂得严严实实，惠安女一般。在穿行的小船上，女人从容稳当，脸上露着灿烂的微笑，那抛食的一招一式，轻盈熟练⋯⋯这是我常在电视新闻里看到的镜头，浪漫诗意，让人感到养蟹这个行当的轻松潇洒，甚至有点儿超脱。

事实上，养蟹绝不是个轻松的事儿。这从蟹农的肤色可以看出，黝黑沧桑，似乎让阳光腌浸透了。女人们尽管捂得严实，但还是挡不住紫外线的频繁骚扰，过早地和白皙娇嫩挥手告别，只能用质朴健康来安慰自己。

蟹场如牌场，常有人输得一丝不挂，债台高筑。这不仅是因为这个名叫螃蟹的千金小姐，娇嫩得很，难以伺候，而且，螃蟹市场，风云诡谲，价格飘忽。难怪，有人把养蟹和打麻将相提并论，一着不慎，会满盘皆输。

不过，养蟹毕竟不是打牌，还是有规律可以遵循的，只要你忠心耿耿，老天爷还是会眷顾你的。与其在外打工，看老板的脸色、受窝囊气，不如开塘养蟹，还能照顾田头和家庭，苦了一点，只要能赚钱。正是有了这样一个美丽的财富梦，于是，里下河的蟹农渐渐多了起来。

钱，是凭死力气挣来的，花起来自然会格外珍惜。养蟹是个大投入，押上老本不谈，可能还要贷点借点，不深思熟虑是不行的，总不能养鸡不成蚀把米吧？首先得估算一下明年的行情：蟹塘的承包费涨了多少，饲料的价格上涨了多少，螃蟹价格能否继续上扬……于是，和老婆在枕头边嘀嘀咕咕了几个晚上，一个宏伟计划就定了下来。

接下来，开始小心盘算：承包费、蟹苗钱、饲料钱、蟹药钱等，什么都要花钱，必须精打细算。好在力气是自己身上的，用不着吝惜，劳累了一天，一夜的养精蓄锐，浑身上下又充满了力量。撑小船、捞水草、喂蟹食，这些可都是体力活，懒惰？做不了蟹农。

养蟹，写水文章，也讲究谋篇布局、统筹安排。年底开塘后，第一件事是拎上一个猪头，带上鞭炮，噼噼啪啪地敬一下财神菩萨，算是开了个凤头，这样心里会安定些、踏实些。接下来就是泡塘、晒塘。不急，慢慢来。开了春，还要种上水草，养上螺蛳……这些，都是铺垫、蓄势，是为主角的出场做准备的。千呼万唤，主角才肯登场亮相。

当大小如黄豆的蟹苗蜂拥入塘的时候，蟹农的神经一下子绷紧起来：这小不点能长大吗？蟹塘这个无底洞得投多少钱呢？蟹宝宝娇嫩得很，伤风感冒是常有的事，得小心伺候，这是真正的财神爷，得罪不起。据说，蟹最厉害的是颤抖病，这个酷似人类的帕氏金森症，让每个蟹农望而生畏，一个闪失，会让你血本无归，欲哭无泪。蟹农们不得不成天蹲守在蟹塘上，好像坚守着一个美丽的爱情，从一而终。无论是倾盆大雨还是赤日炎炎，吃喝拉撒睡，严防死守，塘在人在，不放过任何蛛丝马迹。六月，热浪滚滚，最是考验蟹农的时候，蟹农把这段时间称为他们的鬼门关。

"不好，我家蟹宝宝不吃了？"

"我塘里的水浑浊了，好像有蓝藻，怎么办？"

"……"

此时此刻，蟹农的神经是脆弱而敏感的，塘里一有风吹草动，他们就会疑神疑鬼，团团乱转。在大家公认的行家门前，蟹农们没有了害羞腼腆，问这问那，追根究底，没有一个学生比他们谦虚、卑恭。高中，初中，小学……文凭在此时已经不重要了，能者为师，成功便是硬道理。镇上的蟹药门市前，常常聚集着乡里的蟹农，三三两两，交流着各自的养蟹心得，咨询着自己困惑的问题。

"有贵伙去年养得不错。有贵，最近蟹塘要注意什么？"

"阿荣养得不错，赚了几十万。今年又开了个新塘，他用了什么秘诀？"

"去年养得还好，可是，蟹贩子价格压得太低，帮他们打工，奶奶的。"

"明年不养，弄个麻将打打，不烦这个神了。"

"去年的螃蟹太小，价格卖不上去。唉，吃了大苦啊。"

牢骚归牢骚，还得养。儿子读大学要钱，买房子要钱，娶媳妇花钱，农村人不干这干什么？成天抱住桌腿打麻将，还不喝西北风去？

蟹农的素质高低参差。有久经沙场的老将，也有少不更事的愣头青。不过，老将也会马失前蹄，阴沟翻船；初生牛犊，照样能一举成名，后来居上。只要螃蟹还没有出水，就没有谁敢夸下海口，不到收获的那一天，蟹塘里的情况永远是个谜，猜不透、悟不明。养蟹是一出戏，有悲有欢、有笑有泪，可能是喜剧，可能是悲剧，或者是悲喜剧……忙了这一阵，就等立秋，气温下降，但愿水底的宝贝长得肥壮。那并不算太深的水里承载着他们太多的梦想：也许是半幢楼房，也许是儿子的学费，也许是女儿的嫁妆，甚至，是老人的医药费……

终于，热浪远去，蟹塘里开始风平浪静，一切都已经定局，收获指日可待。然而，蟹农在短暂的坦然后，又有些惶恐不安起来：就像迎娶一位未曾谋面的新娘，漂亮吗？健康吗？脾气合得来吗？蟹农的心里面没有底，忐忑得很。

等到秋风起、菊花黄，蟹笼里爬满一只只张牙舞爪的肥大螃蟹的时候，蟹农们才会长长地嘘一口气，心里面的所有阴霾一扫而光，连同大半年来的疲惫和辛劳，有的，只是满脸的笑容和收获的喜悦。

肾虚的村庄

田垄上，晨雾还没有散尽，已经聚集了许多村民，三三两两，对着眼前的大片麦子品头论足。麦子们无精打采，肾虚一般。麦穗里不乏滥竽充数的——随便摘下一穗，合掌，微捻，摊开来，轻吹，掌心里只有为数不多的几颗麦粒，干瘪、瘦小，营养不良。保守估计，一亩400来斤，歉收是笃笃定定的了。这倒霉的赤霉病！这该死的鬼天气！村民们愤愤地骂道。但不管怎么骂，麦子还得收割，好好收割，精打细收，颗粒不丢。"麦收九成熟，不收十成落"，心里面，大家早已"磨刀霍霍"了。村民们口头约定，明天开镰！

这是个不大的村子，四五十户，经济上日新月异，不少村民靠劳动致富。乡下人，有了钱是藏掖不住的，他们喜欢显摆，显摆的方式是砌房子，房子成了庄户人的脸面——谁能不要脸呢？于是，整个村庄阳亢一般：两层、三层的别墅蘑菇似的冒出，外面贴着瓷砖，白色的、橘黄色的、绛紫色的、杏黄色的……此时，在这些鲜光的别墅里，村民们正在火急火燎地收拾农具。收麦如救火，必须快割快打。

节骨眼上，村东头最漂亮的别墅里，身体还算硬朗的男主人德贵突然病了：头晕、胸闷、四肢乏力，走起路来像是踩在棉花上，用不上力气。

说"突然"有些夸张。其实，德贵的症状有了些时日，只是他毫不在意罢了——人吃五谷杂粮，谁没有个大病小灾？庄户人能忍耐，头疼脑热用不上敲锣打鼓，睡个好觉、出身臭汗就好。但这次，德贵的咳嗽声有些异样，嗓子好像让人撕破了，听了叫人揪心。

"德贵叔咋了？还没有焚烧秸秆呢？"

"今年不许烧啊，谁敢冒罚款坐牢的风险？"

"德贵……会不会是……肾虚？"

说德贵"肾虚"的是村西的二和尚。二和尚有点墨水，心细，经常阅读村口大路旁电线杆上贴的"专治肾虚"的广告，广告上说肾是先天之本，健康之源。女人补血，男人补肾，天经地义。

二和尚说得是有根有据。高考落榜，德贵就在村庄广阔的天地里大有作为：种田，运输，养殖。什么赚钱干什么，风吹雨淋日晒，苦干实干巧干。这几年，他竖起了村里最漂亮的楼房，儿子也送进了重点大学。但毕竟也四十往五十里数了，没日没夜地干，铁打的身子也经不住这么折腾，瞧他头上这么多白头发，肾虚！

德贵的妻子劝丈夫休息，德贵不肯，说，"小麦发了黄，秀女也下床"。一边咳着喘着一边帮着妻子，割、拉、碾、晒，一着不让。等颗粒归仓，德贵终于倒下。看着老公两个眼窝凹陷下去，妻子有些担心。德贵笑笑，说，不碍事，我是铁打的，歇几天会好的。妻子去镇上买了德贵喜欢吃的熏烧鹅，德贵瞟了一眼，没有食欲。

"德贵该不是累坏了吧？"

"不应该。今年禁烧秸秆，怎么还……"

"难道是中了什么毒？"

最后这句话触动了众人脆弱的神经，人们似有所悟。离德贵家的田地不远，有个小型的金属回收厂。每天，这里热气腾腾，黑烟滚滚。几个脸孔被口罩捂得严严实实的工人，把废旧的金属放到一个巨大的坩埚里，熔化，然后倒进一个模子里，变成一个个金属锭。也许，田头作业的德贵有意无意间吸进不少废气，吐出的痰都黑乎乎的，炭灰一般。在村庄和镇子之间，还有一家食品厂，两个烟囱肆无忌惮地伸向天空，排出浓浓的黑烟。这还不算，一根硕大的下水管通向大河，汩汩而出的是脏兮兮的黑水，流向下口的村里……大家劝德贵赶紧去医院。

德贵被送进县城大医院，传回来的消息有些不妙，肺部有严重问题，得住院治疗。村子里人慌了，真的是中毒？有胆小的村民回去煮了一大锅绿豆汤，全家老小一起喝，清热解毒。大家迅速聚集起来，平时爱说的荤话被撂到一边：

"村东头怎么老有卡车来倒垃圾？是城里的？"

"污染太严重，我们要向上反映……"

"以前，赶着鸭溜子放鸭。渴了，抄起河里的水能灌个饱。现在的河里水草都少，更不要说是鱼虾了。"

"屁话！到处是地笼、扳罾，鱼虾逃得了？"

"这是阴虚阳亢。"二和尚呷了一口茶，算是总结陈词。确实，整个村庄房屋鲜亮，道路宽阔，可骨子里却受了伤。二和尚刚刚放学回来的侄子小明念起自己一篇作文，小明在镇上读初三，成绩不错。

"这哪是我的村庄？村庄在离我们远去：新鲜的空气、涣涣的河水，还有欢快跳跃的鱼儿……我心目中的村庄应该有村庄的样子，幽静、安宁，水碧、天蓝，鸡鸣、狗吠，就像陶渊明笔下的桃花源，质朴而原始……"

过了些时日，德贵出院了，人消瘦了许多。对于病情，德贵和他的家人没有说什么，村民们也不好刨根问底。但大家还是替德贵高兴。

食品厂的烟囱依旧冒着浓烟，村边的河水依旧浑浊。村民们的话题却随着德贵的回来开始转移，荤话连篇。村民们有自己的逻辑：说荤话，有劲；有劲，干活不累；不累，可以干更多的活；更多的活当然赚更多的钱。

每天，村民们起得很早，说笑着，忙碌着。太阳出来了，闪着耀眼的光芒，照在村里头别墅光亮的瓷砖上，照在村边宽阔的水泥路上，也照在电线杆上"专治肾虚"的广告上。

姜四爷的二亩三分地

收完最后一茬麦子，姜四爷一屁股坐在田埂上歇气。到底是上了年纪，虽说只是走走看看，什么都没有干，却还觉得累，胸口随着呼吸起起伏伏。二亩三分地，对于收割机来说就是小菜一碟，呼呼呼地"吃"着"吐"着，风卷残云般，两支烟的工夫就完工了。

坐着的姜四爷点上一根烟，边吞云吐雾边享受着收获的喜悦——今年增产是笃笃定定了。等最后一个装满麦子的蛇皮袋扎好之后，姜四爷长嘘了一口气，像是完成了一项重大的使命。当他满载着收获离开田头的时候，细心人发现，老人的脸上似有一丝失落。

姜四爷是两个月前接到镇政府的征地通知的。要想富，修大路。镇上要修一条水泥路，十七八米宽，直通公路。水泥路的两边便是镇上的工业园区——招商引资，没有便利的交通可不行。水泥路从姜四爷的二亩三分地上通过，镇政府还算宽厚，一年给姜四爷两千多元的补偿。想到坐在家里手不动脚不迈，没有风吹日晒没有面朝黄土就有钱进账，姜四爷的感觉还是蛮爽的。老人八十有二，按照政策，每个月还有几十元的补贴。当然，单靠这些钱过日子有些吃紧，好在外出打拼的儿子儿媳孝敬得很，隔三岔五地给老人捎些钱回来。

姜四爷是个地道的老农民，十多岁就跟在大人后面拉犁、罱渣，大集体时成天在广阔天地里跌打滚爬，忙着挣工分。那时的农活就像梅子成熟时的雨丝，没完没了。分田到户后，姜四爷反而清闲了一些。

姜四爷健谈，最敬重的是毛主席。理由很简单，主席水平高，提出过"农业八字宪法"，土、肥、水、种、密、保、管、工，涵盖了种田的方方面面。几十年来，姜四爷一直牢记毛主席的谆谆教诲，一丝不苟地种田。最多的时候，老人种过二十多亩庄稼。老婆孩子齐上阵。人多，力量大，干劲足。

田种得再好，但终究刨不出几个钱。终于，姜四爷的几个孩子到外面淘金了。虽说也是凭力气吃饭，但比种田来钱多、来钱快。尝到甜头的孩子们嚷着让父亲也到城里，把田扔给其他人种，姜四爷舍不得，土地是他的命，但毕竟年事已高，他扔了大部分，留下了那最肥沃的二亩三分地。

"丑妻薄地破棉袄。"姜四爷的妻子年轻时可是个美女，但几年前去世了；而这块"二亩三分地"也不薄，年年丰产丰收——只要风顺雨顺，亩产总比人家高个百八十斤。庄稼一枝花，全靠肥当家。姜四爷深知土地老爷有情有义，只要付出，就会有收获。凭着单打独斗，姜四爷硬是把这二亩三分田弄得风流水转。姜四爷在把自己培养成种田好手的同时也无师自通地成了一名哲学家——喜欢抓重点。水稻，重点抓治虫，打药水，十几次，反反复复；小麦，重点抓好施肥追肥工作。当然，抓重点不等于忽视非重点，他是个细心的人，喜欢田垄边栽些东西，麦子旁边是蚕豆，稻子旁边则是黄豆。

麻雀子也撑个秋天。庄稼成熟的时候，孩子们会候鸟一样飞回来，帮着抢收抢割抢种。自然，临走的时候，也带走一袋袋新碾出的大米。后来，外地来了收割机，姜四爷干脆把这二亩三分地让给人家收割，多花二三百元，却少了很多劳碌。孩子们也不忙着飞来飞去，毕竟，路费也是个不小的数目。

水泥路很快修好了，路两边各栽了一排的香樟树，像是欢迎远方客人的仪仗队。慢慢地，来的大车小车多了，好几家厂房也竖了起来。镇上的居民喜欢捷足先登，早上晚上在宽阔的水泥路上跑步锻炼。锻炼的居民一边贪婪地呼吸着新鲜空气，一边不停地议论着这里什么时候会变成另一片厂房……

姜四爷当然没有闲情逸致去锻炼，他还没有变"修"。但他无聊时还是喜欢沿着那条宽阔的水泥路走走，眼睛瞅着路两旁长势不错的庄稼。水田里的稻苗绿油油的，在微风里招摇，展示着自己柔美的身姿。遇见种田的人，姜四爷会主动地去唠嗑，摆摆龙门阵，天南海北，东拉西扯。但形散神不散——乡下人，谈论的话题永远离不开庄稼。

看着稻苗的姜四爷目光亲切而慈祥。——就像想念在外打拼的孩子，他怀念着那二亩三分地上曾经给他带来丰收喜悦的麦子和稻子，自然，还有那庄稼下面的土地，那黑黝黝的肥沃的土地。

电线杆上的暑假

暑假的味道，最先是从小镇的那两根电线杆上飘出来的。

这两根电线杆特别粗壮，像弟兄俩，头顶着变压器，肩并肩地站立在小镇大街的路边。杆上约一人高处，是小镇的"新闻发布中心"：买房卖房的，工厂招工的，治疗不孕不育的……各类广告争先恐后地露着脸，新掩旧，白遮黄。如今临近暑假，一批崭新的、五颜六色的补习广告赫然出现在最外层，糨糊的湿迹尚未干透。

这些补习广告挤在一起，你不让我，我不让你，远远看去，就像两条光溜溜的胳膊上贴满的大小膏药。"膏药"里千篇一律有个口号：不能让孩子输在起跑线上！"不能让孩子输在起跑线上！"这句话，小镇那些望子成龙、望女成凤的家长，不知道对自己喊过多少次。他们清楚，人生就是一场赛跑，要想领先别人，首先就不能输在起跑线上。于是，家长们凑近了电线杆，睁大眼睛搜索。这时，不乏助人为乐的人，一字一句地念出来，声音洪亮。很快，更多发亮的眼睛凑了过来。"我家的孩子英语短腿，不能不补。"

"一个暑假，600 块，不贵，就当打麻将输掉的呗。"

"怎么能不补？千省万省这个不能省。"

电线杆前，家长们议论纷纷。他们心里都有数，钱要用在刀刃上，而好的补习班就是刀刃。家长们的大脑立马变为一台台雷达——四处打探，去粗取精，去伪存真，把好的补习班从鱼龙混杂的补习广告里默默挑出来，记在心里。"春红，你家小宝补课了吗？""我现在是捧个猪头找不到庙啊，不知道去哪家补。"

那个名叫春红的女人皱着眉头，一脸苦笑——儿子小宝今年上初一，成绩一直起起伏伏，他们做父母的平时没少操心。本来想趁着暑假，一家三口出去好好放松一下，没想到不久前的期末考试，小宝又考砸了。看着电线杆上大大小小的"膏药"和四围人头攒动的景象，春红不得不将出游的计划默默从心里划掉。"小宝，去补习吧。今后有的是机会出去玩。"面对儿子哭丧着的脸，春红几乎是恳求。她紧张地盯着小宝嗫嚅着的嘴，恍惚间，全家兴高采烈出游的图景和小宝补习时孤独的身影交替在眼前闪着——她难过极了，却不得不狠下心。

懂事的小宝最终还是点了点头——那一瞬间，春红长舒了一口气，闭上双眼，深深拥抱了自己的儿子。

电线杆前的"雷达"们也有搜索累的时候，这时，他们开始聊天。相同的年纪和相仿的境遇让他们彼此都很谈得来。他们一起回想起自己小时候的夏天——没有电脑，没有电视，没有游戏机，电线杆上也是光溜溜的，一如他们下河消暑时光溜溜的身子。他们欢呼着奔向自己的暑假：泥里打滚、水里浸泡；掏鸟蛋、抓知了、逮鱼捉虾……想怎么玩就怎么玩，火辣辣的太阳将快乐熬成黑酱，一层层地刷在他们身上。

回忆里的快乐是如此有感染力，聊着聊着，那个在谈话中勾勒出来的旧童年，让整个对话的氛围和主题，起了微妙的变化。"补来补去，就这些内容，还不如让孩子玩玩。""就是，累死累活的。""烦死人，我们家长也跟着受累。"大家仿佛都找到了发泄的出口，纷纷抱怨着。

"但你不补，人家补，成绩掉了，受累的还不是我们家长？"

人群中忽然冒出这么一句，抱怨的声音顿时消停下来。

黯淡的数双眼睛默默地回头看了看——五彩斑斓的广告在阳光下闪着狡黠的光。

不久，"雷达"们又开始了新一轮的搜索。

闷热的天气，知了依旧在拼命聒噪着。

送小宝回来的路上，春红又拐到了那两根电线杆下——果然又出现了一张新的补习广告。好家伙，这回老师可全是高校回来的研究生。"这个要不要试一试呢？"春红怔怔地看着两根电线杆，心里默默嘀咕着。

电线杆没有回答——当然不会有，它还跟以前一样杵在那儿，高高地，冷冰冰地。它带着周身被贴得有些张牙舞爪的新旧广告，漠然地看着眼前这个虔诚的女人。

桂喜的春天

整个腊月，甚至整个下半年，桂喜都在叹息，叹时运不济，叹命运多舛。喜欢高谈阔论的他，变得蔫吧，像霜打的茄子。他是个心比天高的人，没想到命如纸薄：承包了200亩蟹塘，管理是跟上的，一只只螃蟹膏满体壮，收获时，却正逢"涌市"，蟹价直线下跌。除去承包费、蟹苗饲料设备等投资，一个子儿没有赚到，还赔了四五万。这一年，桂喜没少吃苦，风吹日晒，苍老了许多。帮他看塘的光棍阿四，领了工资以后，撂下一句话：明年不来了。阿四做事还算顶真，养蟹也内行，桂喜估计这小子是另栖高枝。开了春，怎么办？是干脆转包他人、偃旗息鼓，还是哪里跌倒哪里爬？桂喜心里没底，更准确地说是没有底气。

大年初一，同村的大富来喊桂喜去解闷，小来来。他们玩的是纸牌，叫"斗牛"。大富在苏南收废品，虽说不好听，可是实惠，一年能挣二三十万呢。"试试手气也好。"桂喜一松口，半推半就地被大富拉到了"战场"。桂喜打牌不精，可牌顺了挡都挡不住，接二连三几个"牛牛"，面前便成了草堆。不料，接下来风向突变，几个"烂桩"，赢的输了不谈，还赔了七八千。这钱是桂喜开春之后的本钱：蟹苗、蟹药、蟹饲料……用钱的地方多着呢，远远不够，还得借。桂喜在埋怨牌臭之际，又输了几把，15000元全部光了。最后，赢钱的大富很大方地甩给了桂喜2000元。

跌跌撞撞回到家，桂喜羞愧，悔恨，埋怨……什么滋味都有。妻子和儿子去娘家拜年了，拜年是假，借钱是真——开了春，蟹塘还得拾起来。现在，兜里所剩无几，桂喜反而冷静下来。他开始审视着周围的一切：门上是儿子写的春联，"勤劳走上致富路，信息找到摇钱树"；堂屋的墙壁上，贴满了儿子的三好生奖状，上初三的儿子很懂事，考了个年级第二名。当初，桂喜曾承诺奖励儿子一台电脑，他食言了。儿子没有怪罪，父亲的事业处于低谷期，理解万岁。

不一会，妻子儿子回来了。妻子的脸上笑容，让桂喜有了少许安慰。看着一进门就忙碌晚饭的妻子，桂喜有些歉意：好几个春节，妻子不做新衣服了，40岁生日那天，妻子把娘家给她买衣物的钱全部给丈夫做本钱。桂喜叹了口长气，抄起双手，蜷缩在沙发里，没精打采。妻子笑了，问：怎么啦？出去玩是一头劲，回来就大病缠身？

一连几天，桂喜都窝在家里，变了一个人似的。儿子很懂事，出去转了一圈，又回来悄悄复习功课。妻子自然不知道丈夫输了钱，还以为丈夫在为蟹塘愁呢，端来了一杯茶，小声地说："愁什么？这点风浪都经受不住？真是个软脚蟹！"桂喜没有说话，内心深处还真的怪自己窝囊，还男人呢，这点坎都过不去。为了老婆孩子，他也要重整旗鼓，东山再起，只是，他确实要好好研究市场，掌握信息。

大年初七，大富来了电话，喊桂喜小玩玩，说，给他一个"复仇"的机会。桂喜笑笑，对着电话那头大声说道，我不玩小的，我要玩大的，大的。电话那头问，多大？桂喜答非所问：两百亩。

走出堂屋，桂喜准备去蟹塘转一圈。一年之计在于春，他感到要好好地谋划了。外面春风料峭，桂喜打一个寒战。"寒随一夜去，春逐五更来……"房间里面传来了儿子的背书声。桂喜常教育儿子，做事要趁早。

现在，轮到儿子教育他了。桂喜有些脸红，又有些欣慰：振作起来，不晚，毕竟，春天刚开的头，有的是工夫，有的是希望。

　　眼前一亮堂，桂喜心里也感到暖烘烘的。他相信，这个春天是属于他的。外面，阳光明媚。

回家过年

  进了腊月，空中会时不时飘落几朵雪花，柳絮似的；屋檐下挂着的咸鱼咸肉，也在风中招摇地晃动着……整个村庄弥漫起一股"年"气，越来越浓。在村里，就是村委会主任支书也没有这个叫"春节"的厉害，是那样的富有感召力和凝聚力，一吹响集结号，出外打工的年轻人便拎着大包小包，陆陆续续回到村子里："——有钱没钱，回家过年啦。"

  "村西头谭瘸子的儿子回来了，带着小媳妇。啧啧，长得俊俏着呢！"

  "村北张老憨的闺女回来了，一甩手，递给他老父亲就是一万块。一万块呢！"

  "老田头儿子回来了。听说，开了春，准备把小楼竖起来……"

  此时的刘大宝，再也按捺不住了，胸中"腾"地升起了一团火，熊熊燃烧。慢慢地，他又摁灭了这团火，叹了一口气，瘫坐下来，眼泪汪汪，委屈得很。好几天了，大宝的情绪就像这阴阴湿湿的天气，老是昂扬不上去。始作俑者是儿子刘小宝：两年没有回家过年了。一到年关岁末，儿子总在电话里解释，工作忙呢，调研呢，要跑市场呢。

  "忙你个头！"大宝有些忿忿然，甚至咬牙切齿，"这浑小子，肯定是有了媳妇忘了娘。"虽说这小宝寄回来钱不少，可大宝也不差这几个钱啊。你想，老两口，省吃俭用，有五六亩口粮田，还有个 20 多亩的蟹塘呢，再说，儿子的钱，六月的债，还得快啊——儿子还没娶媳妇呢。钱，全被大宝存了起来。

小宝是农大毕业。刚毕业的时候，工作没有着落，可把大宝急死了。后来，小宝去了苏南一家食品公司打工，搞蔬菜深加工。两年了，都没有回来一趟，这让做父亲的能不心急如焚吗？看到邻居谭瘸子神色欢快，跟刚回来的儿媳妇嘘寒问暖，热热乎乎，大宝心里酸溜溜的。最不懂事的是谭瘸子上小学的外甥女，哪壶不开提哪壶，当着大宝的面，居然唱起了《常回家看看》。

这几年，村里唱的是尽是一出"空城计"，年轻漂亮腰肢柔软的姑娘走了，胳膊有劲头脑活络的男人也走了……只有几个老弱病残拼命支撑着。大宝纳闷了，城里有什么好？到处是汽油味、灰尘，邻居还老死不相往来，哪有在家逍遥自在？去年，几个苏南人在村子里弄大棚蔬菜，搞水产养殖，成天笑嘻嘻的，肯定赚得不少。大宝自然希望儿子在外能出人头地，但是，你在外混得再好，春节也要回来呀。

前几天，他给儿子去了电话，发出最后通牒，说，今年再不回来，他就当作没养这个儿子，一刀两断。说完，大宝把电话撂下，随即，线也拔了——断了电话那头的心思。大宝笑笑，有些得意，心里面把它称之为"休克疗法"。

连续几天，大宝把腮帮子刮得白白净净，到村东头守候，等着儿子的回来。他手搭凉棚，一等就是个把钟头，可是，除了寒冷，什么也没有等来。第一次，等来的谭瘸子的儿子，第二次等来的是张老憨的闺女……

今天，是腊月廿六。中午，喝了点酒，他和妻子说了几句，又到村东头大路边"充军"了。他走得鬼祟，双手抄着，帽檐压得很低，耷下眼皮，怕人认出，丢人！

"爸！"

"……爸！"

大宝一怔，猛地抬头，定睛一看，儿子小宝站在他面前。旁边，一个女孩，生得水灵灵的，有些羞答答的。大宝是个灵巧人，不等儿子介绍，心里早已明白，一把抓过姑娘的行李，说，走，回家。回家的路上，大宝的步子迈得大大的，腰板挺得很直。路旁，青青的一片扑入眼帘，是长得肥壮的麦苗。心里面，大宝哼起了《在希望的田野上》。

晚餐很丰盛。酒，更是少不了。桌上，儿子告诉父亲：过了年，他不准备再走了，永远不走了。看到愣在那的父亲，儿子解释，他想在村里搞大棚蔬菜，凭啥咱守着金娃娃喊穷？这几年小宝在外，跌打滚爬，长了见识，特别是去年春节，去了几个大的菜场调研，掌握了很多资料。最后，儿子敬了父亲一杯，满脸信心地说，我要做个样子，让村子里飞出去的年轻人，再飞回来。

大宝头脑一片空白，头一仰，来了个杯朝底。随即，流下了眼泪。激动？感伤？还是酒多了？恐怕只有大宝知道了。

望 春

　　乡村的早晨是充满韵律的，先是公鸡的鸣叫，明亮清晰，昂扬向上，然后是飞来窜去的鸟儿发出的碎音，叽叽喳喳，欢快，甜润，脆蹦。

　　村口，一条水泥大路伸向小镇。道路两旁是挺拔的大叶杨，粗壮的枝干，直冲蓝天。有几棵大叶杨的顶上搭着黑乎乎的鸟窝，因为树叶落了，更加醒目。鸟窝是空的——生蛋、孵化、小鸟羽翼丰满后，鸟儿们会远走高飞。远走高飞的还有村里的青壮年，跟风似的出去淘金了，剩下的是些老将残兵，守着那贴着瓷砖的鲜亮房屋，还有那几亩舍不得丢弃的田地。

　　镇上人有早起跑步的习惯，男男女女，在镇子和村庄之间，往来穿梭。他们在"伸伸腿，弯弯腰"的同时，贪婪地呼吸着乡间新鲜的空气。有的腰里还挎个"跟屁虫"，走到哪里，悠扬的老歌便跟到哪里。村里的老人就没有这样的闲情了，他们敦厚、务实，深谙"农民"这两个字的含义，有事没事喜欢朝田头跑跑。看着蓬勃的庄稼，他们就像看到了在外的孩子，舒坦而踏实。大道上，来来去去的人很多，熟人相遇，免不了张家长李家短一番。

　　"知道吗？进财和兰粉子'好'了。"

"不会吧？孙子孙女都老高了，怎么还……？"

"骗你是小狗——就差领证了。"

进财是村子里的农民，七十出头，老伴前几年得肺癌走了，儿子儿媳远在无锡，春节或者清明祭祖才回来看看。兰粉子是镇上商业社退休职工，比进财小两岁，老头子十多年前撒手西去，女儿女婿在县城做教师，逢年过节回来也是蜻蜓点水。兰粉子喜欢跑步，而进财的庄稼地就在大路边，两人免不了碰面，碰面免不了聊天，聊来聊去，聊出感情也就不奇怪了。

据说，年轻时进财是村里的劳动好手，浑身有使不完的劲，一二百斤的担子挑起来大步流星，从不换肩。可现在，这只能是进财的美好回忆了，毕竟"七十瓦上霜，八十风前烛"，岁月不饶人。人老先从腿上老，进财明显感到腿上无力。这还不算，最要命的是孤独，偌大的房子，空空荡荡，没个人说话，心里堵得慌。堵着堵着，身体就出了毛病。村里无儿无女的五保户阿坤名正言顺地进了镇上的养老院，进财去看过，聊天打牌，热闹得很。进财也想去，可不好去，也不能去……遇见了兰粉子，奇怪，进财心里不堵了。

先是，进财跟跑着步的兰粉子搭讪：你的"收音机"里唱的什么歌？真好听。兰粉子故意把"跟屁虫"晃了晃，答道：我的丫头买的，《望春风》。兰粉子指着大叶杨上的巢穴问，是什么鸟窝？进财说，喜鹊窝——只有喜鹊才把窝巢建在这么高的地方，喜鹊搭巢很快，个大，力气也大，手指粗的树枝，衔起来也毫不费力。看到兰粉子竖起耳朵在听，进财来了神，说，我小时候顽皮，和人家打赌爬上一棵很高的水杉掏喜鹊窝，从鸟窝里捧出六个毛茸茸的小喜鹊，吓得家里人在树下尖叫，我赶忙把小喜鹊放进窝里，溜下树来。

进财问兰粉子，你怎么不跟县城的女儿一起过？兰粉子说，乡下自在。兰粉子反过来问进财，你怎么不出去？都说你儿子在无锡混得不错。进财说，想是想，可家里也得有个人照应啊。进财的儿子二十多年前弄了条大船出去躲养。现在，孙子有了，钱也有了。腰包一鼓，进财的儿子立马在村里竖起了最好的楼房。进财让兰粉子有空去他家里坐坐，他用手指了指：不远处，一幢三层的楼房，贴着绛紫色的瓷砖，鹤立鸡群，非常抢眼。

在进财家坐了一会，兰粉子才知道农村人很幸福。进财种了两三亩田，每亩国家给好几百元的补贴，另外七八亩，进财给人家承包开了蟹塘，一年落个几千块上腰包。农闲时，进财跟在瓦匠师傅后面做些小工，一天混个五六十元，人家有时还管饭——去年开始，儿子吩咐进财不要做瓦工了，家里不差他这两个钱。

等兰粉子第二次从进财家里聊天出来，一支烟工夫，先是村里，再是镇上，便沸沸扬扬了。兰粉子的女儿女婿特地从城里打的回来，围着母亲，叽叽喳喳，麻雀似的。

"妈，难道我们不孝敬吗？"

"妈，不是我们反对，这不知根不知底的……"

……

女儿女婿建议兰粉子无聊时到镇上棋牌室打打麻将。兰粉子叹口气，说，干脆，我不去跑步了，跳舞吧，一样也能锻炼身体。镇上有个新建的广场，很气派，每天有很多女人去那跳舞。

风言风语早传到进财的耳里，说什么的都有，进财倒不在乎。可是，几天看不到兰粉子出来跑步，进财什么都明白了，一明白，他的胸口又开始堵了，越堵越厉害，终于，倒在了田里。进财的儿子特地从无锡赶回来服侍。一周后，进财病好了，对儿子说，也给我买个听音乐的"收音机"。

每天早晨，进财也像镇上人一样，在通向镇上的水泥路上跑步，带着"跟屁虫"，放的是《望春风》，旋律和歌词都很哀怨："自己买花自己戴，爱恨多自在。只为人生不重来，何不放开怀……"跑步中的进财，有些心不在焉，时不时地朝镇上张望着。

冬天过去了，几只喜鹊开始在大叶杨的上空盘旋，准备筑巢做窝。经冬的大叶杨，树皮开始泛青，枝上悄悄冒出了稚嫩的新芽。

剃头吴二

　　老家是座小镇。镇区的东面有个石头街。石头街虽以"街"冠之，其实就是条巷，弯弯曲曲，不长。巷口有一家剃头店，主人姓吴，排行老二，大家都喊他吴二。

　　吴二的剃头店很小，六七个平方，逼仄，局促。店面没有装饰，甚至，连个招牌也没有。来这里剃头的都是熟人，中老年男子居多。客来，椅子上一仰，高喊一声"剃头"，吴二会飘然而至，随手递来一份最近的扬子晚报。——剪了快一个月了吧？吴二嘴里搭讪，手上也不闲着，拿出一块大大的白围兜，有力地抖活了几下，啪啪，清脆响亮，然后，小心围在客人的脖子上，塞好。接着，左手梳子，右手推子，哧哧哧地推了起来。老顾客，需要什么发型，不劳再费口舌，主人早已烂熟于心。

　　吴二剃头是祖传。小店开了几十年，镇上的老字号，只是，小店朴素得有些寒碜，和大街上的理发店形成了反差。那些店，门面贪大，装潢讲究，都有时髦好听的名字，××美发店或者××发廊之类，墙上贴满了花花绿绿的美女照，风姿绰约。在店面与时俱进的同时，理发价格也跟着飙升。10块，20块，还有更高的。

吴二的剃头店寒碜，但生意不错。乡下人收入少，消费也低。上了年纪的，更是吝惜，一个钱恨不得掰开来匀两回使用，剃头喜欢去吴二那里——谁叫他价格便宜呢。吴二剃头除了价格低，服务态度还好，一视同仁，童叟无欺。和吴二的豁达相比，其他理发师就显得小气了：他们会选择顾客，不喜欢上了年纪的——讨价还价也就算了，还磨磨叽叽，刮胡子，掏耳朵，耽误时间。这个时代，时间就是金钱啊。

　　初次剃头的孩子，害怕畏惧，总把剃头匠当成杀猪匠，会号啕大哭，挣脱着逃跑。吴二有办法，他会委曲求全，当回演员，小丑演员，表演"自虐"。孩子被逗笑了，自然忘记"危险"，乖乖就范。等小孩的"桃子头"剃好，吴二已是满头大汗。

　　镇上人称吴二的剃头店是"新闻发布中心"。当白色的围兜给客人系起来的时候，新闻发布也就开始了。有时是吴二发布给顾客，有时是顾客发布给吴二。既有小镇奇闻异事，也有国际变幻的风云。口耳相传，多米诺效应似的，很快，全镇能家喻户晓。

　　生意不忙，吴二会主动帮客人掏耳朵。小竹筒里，耳捻，耳耙，镊子，样样齐全。弄得客人直喊舒服。夏天农忙，剃头店门前冷落。吴二也不着急，拿出小板凳，坐到巷口上，一张报纸，仔仔细细读。

　　春节前夕，是吴二剃头店最忙碌的时候。很多在外打工的回家，行李一搁下，就直奔吴二的小店，剃头。新年新气象，谁不以崭新面貌示人呢？于是，吴二便开始被"罚站"了，一天十几个小时。有时，大年三十的下午，他才关门，拖着疲惫的身子忙碌自己的年事。这时，性急的人家，已经放起了鞭炮，早早准备吃晚饭看春晚了。

　　我在老家，剃头多找吴二。到了城里教书，我还是恋恋不舍，尽量利用回家的机会去吴二那剃头。只是，有时杂事缠身，回家剃头便成了件奢侈的事。城里的发廊多半是女理发师，笑容可掬，但我还是感到有些拘谨，不自在。不到万不得已，我不会在城里理发。

去年，吴二的宝贝女儿考上了大学，妻子也去了城里打工。不少人劝吴二，干脆关了小店，去城里剃头，夫妻团圆。吴二不肯，说，乡下锣鼓乡下敲，我这手艺，到了城里还不是喝西北风？再说，我关了，谁给你们剃头呢？

　　吴二终于没走。他那不起眼的剃头店，坚挺着，给小镇增添了一丝质朴和沧桑。

塘长二宝

　　每年，中秋月圆，螃蟹上市，二宝便手忙脚乱起来：捕蟹、分类、打包，只恨自己没有三头六臂。这个时候的螃蟹，价格能坐上直升机，吃到嘴里却有些苦涩，一股水味，真正地道的螃蟹要到九九重阳呢。没办法，二宝听老板的话，老板听市场的话，而市场有时会蛮不讲理的。

　　二宝是塘长，一塘之长。虽带个"长"字、听上去风光，其实也就是个打工的，顶多，算个"中层"。二宝手下有四个弟兄，管着三百多亩的水面。平静的水面下面并不平静，一只只铠甲勇士，张牙舞爪，横行霸道。这帮家伙，怠慢不得，靠它们拼市场呢。二宝的担子沉甸甸的。

　　二宝是老板请来的。"请"字，显出了二宝的身价。二宝有技术，而技术就是力量。到底是水里泡大的，二宝对螃蟹的熟悉胜过熟悉自己。他养过几年蟹，赚多折少。有一年，他不大的蟹塘里居然捞出一只蟹王，超过八两，被城里人买去。一只蟹，两千元。二宝傻笑了几天，说城里人真会烧钱。五年前，二宝"退居二线"，理由很简单，他善于研究螃蟹，不善于研究市场。这几年，养殖大户不少，动辄上千亩，一时，"塘长"难求。塘长除了有技术、能吃苦外，为人要正派、实诚。显然，二宝再合适不过了，他有技术，做事也能规规矩矩、踏踏实实。更重要的，二宝是个单身汉，可以长年累月驻守蟹塘，就像一头忠心耿耿的驴子围着磨盘一样。

说"塘长"是打工的不假，但"二亩三分地"还是有的。喂多少饲料，塘里出现情况，用什么蟹药，用多少，全是塘长说了算，签个字就行，老板买单。少数"聪明"的塘长，"节省"下蟹药、蟹饲料，塞进摩托车的后备厢，只要车子屁股一冒烟，屁大的工夫，口袋里便多了一两包好烟。二宝绝不是这样的人，喜欢一是一，二是二，黑白分明。

二宝永远忘不了那个晚上。一个贼眉鼠眼、鬼头鬼脑的人贸然闯入，满脸堆着笑容，甩给他两条"红南京"——二宝最喜欢的牌子，那人想"要"些螃蟹。其实，二宝只要到小船上，捞起地笼，解开绳子，就能"成全"，一两分钟的时间，神不知鬼不觉。二宝拒绝了。语气严厉。那人还是厚着脸，赖着不走，说，"马无夜草不肥"，何必呢。弄得二宝不得不提高嗓音。塘上黑狗看到主人真的动怒了，也仗着人势，汪汪地一阵狂吠，那人才灰溜溜地跑了。第二天大早，老板喊二宝过去，扔来一沓钞票，说是奖励。二宝一头雾水。老板不说话，只是诡秘地笑着……二宝是个聪明人，晓得老板玩了花花肠子，气得脸色铁青。一转身，二宝递交了辞职信，字，写得歪歪扭扭，喝醉酒一般，内容却是铁骨铮铮，像个男人："此处不留人，会有留人处。"二宝是头犟驴，说出去的话，泼出去的水。走的时候，二宝脚步沉稳坚定，头也不回。这下，老板后悔了。做了和尚方知道头冷——二宝这样的塘长不好找。

金子总归要闪光。很快，现在的老板盯上二宝了，三顾茅庐，诚心诚意。人心换人心，二宝同意出山。二宝是开着崭新的力帆摩托车去老板家里报到的，欢迎仪式是一桌丰盛的午餐。二宝把乌黑闪亮的车子停到天井里。车子的后备厢很大，能放很多东西。围着车子，大家评头品足。众目睽睽之下，二宝掀开箱盖，猛地一用力，"嘣"的一声，硬生生地扳断了。大家一愣：咋的，还没喝酒，你就醉了？

"哈哈。没醉！没醉！"二宝嗓音洪亮，字正腔圆。众人看着躺在地上的箱盖，嘴里直喊"可惜"。只剩半截的后备厢，好像一个脱光衣服袒胸露乳的男人，很不文明，难看得要命。二宝笑了，很爽朗，发自肺腑，心扉敞开得完完全全。大家跟着笑了：新来的塘长真迂！

　　每次去镇上，二宝总是跨上心爱的"坐骑"，自然，是后备厢没有盖子的，一不小心，箱里面就能看得一清二楚。车子"哒哒"地发动起来，二宝便开始哼唱着谁也听不懂的小调。蟹塘的水面，平静得像一面巨大的镜子，把蓝天白云尽揽怀中；田野上的风，和煦轻柔，吹在人脸上，舒服惬意。二宝感到，空中有股明显的泥腥味。他知道，那是丰收的味道。

卖鱼秦四

小镇卖鱼的不少，生意最好的要数秦四。

秦四生意好，很大程度上得益于他那张嘴，能说会道，一张开，死鱼能变活。

秦四是乡下的，初中没念完，就走上社会。因为和镇上的姑娘恋爱、结婚，秦四便成了"镇上人"。姑娘姓陈，白净、漂亮，配秦四绰绰有余。至今，镇上人都不知道，秦四是靠什么俘获姑娘的，是那张巧舌如簧的嘴？

秦四和陈姑娘的相识是因为卖鱼。别看秦四学习不咋地，玩方面可是高手，清水捉蟹，浑水摸鱼，在他面前统统都是小菜一碟。十多年前，小镇街头，秦四叫卖着捕来的三只甲鱼，他扯开嗓子吆喝了半天，没有一个顾客。几个鱼贩子倒像苍蝇一样围了上来，硬说是家养的，想按家养的价格把鱼买走。秦四不肯，鱼贩子仗着人多，想来硬的。"慢！"突然，杀出一个程咬金，女的，漂漂亮亮，掏出两张红花花的百元大钞，递给秦四，说："够吧？""够了，够了。"美女救英雄，让秦四不停抓着后脑勺，语无伦次。

姑娘是镇上鱼贩子老陈的女儿。不消说，从那以后，秦四逮的甲鱼全部归了陈姑娘。为了创造和姑娘见面的机会，秦四挖空心思寻找野生甲鱼——哪有那么多呢？姑娘点拨了一下，从此，秦四每天跨上摩托车，在农村沟沟汊汊旁转悠，收鱼——自然是替陈姑娘，姑娘给他提成。秦四的嘴上功夫可能就是那个时候练就的，一来二去，姑娘居然喜欢上了秦四。

　　结了婚的秦四，身子好像注入了一股力量，成天贩鱼、卖鱼、数钱。凭着三寸不烂之舌还有自己的勤奋，把方圆十多里的野生甲鱼尽收囊中。秦四眼睛亮，野生家养一看便知：野生的裙边厚实，行动敏捷，翻转灵活；家养的裙边薄，虽然肥壮，但动作迟缓。让秦四得意的是，野生甲鱼的价格不停上涨，买的人还是争着掏钱。

　　秦四把野生甲鱼、黄鳝卖到城里，又从城里把家养的甲鱼、黄鳝贩回小镇。农村人大方，脸面看得比生命还重要，宴席"毛甲长"是少不了，买菜自然跟秦四买。那些做家宴的，秦四早把他们服侍得好好的了，香烟和承诺早递上去了，临走还不忘叮嘱一句，哪天，我请兄弟喝酒，赏脸哦。一句话，把厨子师傅说得心头暖洋洋的。

　　秦四虽谈不上一夜暴富，但腰包确实鼓得很快，充了气一般。这让他有些嘚瑟，像斗胜的蟋蟀，咕咕咕地鸣叫着。秦四鸣叫的方式是砌别墅，在公路边，三层，气派，鲜亮。临河还做了个硕大的竹箱，大半在河里，小部分露出水面，上面蒙着网，这是秦四的鱼库。生意大了、忙了，秦四干脆自己不动手了——雇了个帮手帮着老婆剖鱼。秦四则捧着个茶杯，来回转悠，手上硕大的戒指，在阳光下闪着光芒。下午生意清淡的时候，秦四会溜出去打牌，凭着小聪明，秦四赢多输少。

　　前段时间回家，偶然听见公路边楼房附近传来噼噼啪啪的鞭炮声。一问，有人家乔迁之喜。再问，是秦四的别墅换了主人。原来，沉溺牌海的秦四被人做了手脚——几个人串通一气，秦四的家产几乎被输光。终于，秦四住回了原来的旧房子，小工辞退了，老婆成天嚷嚷要离婚。牌自然是玩不成了，秦四又开着摩托车，开始贩鱼贩虾。

　　说话间，一辆摩托车从我身边呼啸而过。有人指着车子喊道："看，秦四。"顺着手指望去，秦四的背影越来越小，很快消失在我的视野里。秦四的车子开得飞快，不知道是因为生意忙，还是有些不好意思。

守望炊烟的人

　　活了大半辈子，老陈没有真正离开过村子。有人说他是村里的一条"老狗"，忠诚地守护着自己的院落、树木，还有庄稼。

　　村子很小，只能叫舍，20来户人家，差不多出去了一大半。面对唐突闯入领地的我和文友晓橹，老陈兴奋异常。老陈说，中饭前，假如没有风，站在村口，朝各家厨房的上空瞅去，你会发现，冒烟的只有几个烟囱，烟雾直挺挺的，到了一定的高度，才四散开来。当然，你也可以走到各家的门前，看门锁被风雨侵蚀的程度，锈迹斑斑的肯定占了多数。

　　村里的狗不多，叫声稀疏。本来，村里喜欢养狗的人不少，特别是那些房子高大敞亮的人家，但他们离开后，狗自然也跟着消失了，不是被送到蟹塘，就是溜到远处觅食，成了野狗。留守的这些老人，纵然养狗，也不愿在狗的身上花太多的气力，哪怕是买一根火腿肠。有了情绪的狗，自然不肯卖力地叫唤。

　　劳动之余，老陈要行使着狗的职能，不仅要看护自己的家，还要看护整个村子。正月十六后，村里的男女像受了惊扰的麻雀，齐刷刷地飞走了，飞到无锡，飞到苏州，飞到其他城市，做老板、打工——只要比待在家里强就行。飞走之前，他们会来到老陈家聊会儿天。

老陈是个明白人，知道大伙的意图：帮忙照应。老陈憨笑着，内心里早应允了，责无旁贷啊。闲下来，老陈会在村子里转悠。大前年，不知从哪冒出个流浪汉，疯癫癫的，一头钻进了一户人家，居然生火做饭，过起了日子。多亏升起的炊烟报了"警"，人们才发现这户人家早已失守。好在，金贵的东西全放在了银行，电话那头的主人并不急。老陈内疚，从此，提高了警惕。圩堤上谁家的意杨树少了一棵，村东头谁家的草垛被风刮倒，巷子西侧是谁家堆的砖头少了七八块（老陈数过，458块），他都会记进脑里。

老陈养了一条狗，是条黑色的公狗，矮矮的，很壮实。狗平时不拴，四处游走，以老陈的家作为圆心画圆。冬天，下了雪，老陈就把狗拴得死死的，他怕狗跑出去，成为人家的腹中之物。老陈养狗是因为老伴，老伴眼睛不利索，而老陈常常离家，在镇上做瓦工。

村子离小镇不远，三四里地。老陈到镇上会骑上他的三轮车，这是他的交通工具也是他的劳动工具。老陈干一天可以拿到80块，运气好，工程完工就可以兑现，运气不好要拖到年底。农忙时，瓦匠们作鸟兽散，老陈也正好回家，忙他的一亩八分地。

老陈最重要的事情是看孙子。孙子小军在镇上读初二，早出晚归，中午在学校吃一顿。在苏南打工的儿子儿媳一打电话问的就是孩子的成绩。看见我们，小军有些腼腆，躲进房间做起了作业。老陈文化低，辅导不了孩子。为了防止孙子在镇上玩游戏，老陈总是忙里偷闲到游戏室周边潜伏。不一会儿，小军从房里探出身子，说作业做完了，想出去找邻村的同学玩一会儿，老陈点头同意。老陈说他最担心老师来电话，让他"配合"，老陈不懂怎么配合——这可比挑担挖沟要吃力。

其实，挑担挖沟对老陈来讲已经不容易，快70岁的人了，腰板子不利索了，晴天还好，一下雨就生疼生疼的。老陈最害怕生病，挣不来钱，还倒贴，好在现在农保解决了他的后顾之忧。前段时间，老伴去镇上看了眼睛，白内障，镇上的医院请来专家开刀，花了千把块。现在，老伴的眼睛尖得很，孙子回来，老远就能看见。晓橹问老陈，想儿子儿媳吗？不想到外面转转？

"假如年轻 20 岁，我肯定闯闯。"

"看家也好。金窝银窝，不如家里的狗窝。"

话音里听得出，老陈这辈子不想挪窝了。其实，村里也离不开他。没了炊烟，村子就没了根，没了根就会漂浮起来，大一点的风就会把它吹走。

走在清冷的巷道上，看着紧闭的大门，我们的内心有股说不出的滋味。再漂亮的房子得有人住、有炊烟才会是家，没人住，木头会腐朽，墙壁会黯淡甚至坍塌。有些人以为锁好了门，家就保住了。其实，锁住的只是空气和一些陈旧的家具。就像刘亮程说的："家是很容易丢掉的，人一走，家便成一幢空房子。"

老陈家的烟囱已经冒出了烟，又黑又浓。我知道，这股炊烟不仅是唤回小军回家吃饭的"信号"，更是升起在每一个漂泊的游子心里，有了它，离家再远，也不会迷失方向。

北村的女人

　　北村是个自卑的村子，自卑得就像一个灰头土脸的乡下人，而他的四周人人西装革履。偏僻，交通不便，让它的发展有些滞后。前几年，一座大桥，一条宽阔的水泥大路，把北村和小镇紧紧连在一起。镇上人也开始来北村散步了，这里有翠的树，青的草，绿油油的庄稼。自然，还有几个大嗓门的北村女人。

　　北村的女人应该是有大名的，但彼此呼来唤去的都是小名。什么"四嫂""五妈""兰香""巧干"之类。她们个子不高，嗓门倒挺敞亮，小喇叭似的，一广播，三里路外也能听见。她们的腿脚快，走起路来一阵风。性格自然是开朗的，见到半生不熟的人，像我，会主动打招呼，冲你微笑，脆脆地叫上一声：你好，回老家的？真诚，自然。没有半点忸怩。

　　或许是不甘心"滞后"，北村不少男人都去外面揽活了——窝在家里会被人看不起，哪怕是自己的女人。这年头，钱不经花，而用钱的地方又太多了：孩子读书要钱，买房要钱，结婚要钱……于是，两口子枕头边嘀嘀咕咕商量半天，形成决议：男主外，女主内。插起招军旗，不愁吃粮人。那些在城里有门路能找到活的，大手一挥，会有潮水一般的人跟来。行李简单，收拾在两只蛇皮袋里，说走就走。待遇不错，管吃管住，一个月两三千，还不打白条。这对于一年到头在田头忙来忙去没有大的作为的农民来说，诱惑力太大了。

于是，北村的男人一茬一茬往城里跑。出发的时候，女人们笑嘻嘻的，等男人上了车子，消失在视野里，女人的心里变得空落落的，不踏实了。她们不喜欢别人叫她们留守妇女。其实，她们也能出去干，只是，家里实在走不脱，千头万绪，一大堆活等着呢。

田，大部分成全了养蟹的，剩下的只是一亩多的口粮田。农活涌过来，女人们会相互帮忙。不到万不得已，不会让自己的男人回来。她们是"钱疯子"，种田之余，闲不住。她们经常去公路边帮人卸货。四嫂的大嗓门一扯开，志同道合的女人会紧急集合。一大卡车的饲料，三五个女人，你搬她扛，十几分钟便能搞定。村里有一大块田，承包给外地人种稻，做种。盛夏，稻田里冒出不少稗子，大有抢尽稻子风头之趋势，除草剂是不能用的，只能靠人力，一棵一棵地拔除。赤日炎炎，谁吃得下这份苦？外地人心急如焚。还好，有北村的女人。她们起了个大早，身上穿得严严实实，套上高高的皮靴，排成一行，扫荡一般把杂草清除得干干净净。报酬自然是丰厚的，每人好几十块呢。节假日，她们会跟在厨子的后面做家宴。搬桌子，拿凳子，洗菜抹锅，端盘子，甚至烧菜，什么都干。

三个女人一台戏。三个北村的女人则是一台大戏。别看她们的文化不高，聚到一起，叽叽喳喳，总有说不完的话。

"想当年，我可是标标致致，脸蛋身材哪样都有，提亲的小伙子把门槛都踏翻了。"

"拉倒吧，女人四十丑巴巴，你看你现在的腰围。还说呢……"

"出去个把月了，电话也不打一个，还以为我在家享清福的……"

女人的嘴不停，手也不闲着。打毛衣，纳鞋底。镇上有布鞋店，可女人还是喜欢自己做。男人干活穿胶鞋，闷气，脚汗多，难受。放工，洗脚，男人会迫不及待地穿上自家女人做的布鞋，透气，舒服。布鞋是女人千针万线做出来的，穿在脚上，自然，也就多了一份幸福和责任。

下雨，没有活。女人们会聚在一起，搓麻将。很小，20块钱的输赢。女人干活麻利，打牌也快。洗牌，码牌，打牌，一气呵成。雨一停，麻将会推掉——好多事情等着呢。赢钱的，会返还给输得最多的人几块，谓之"低保"。

孤独是难免的，特别是晚上，赶也不走。奇怪，男人在外，不仅饭菜变得寡味，电视剧也变得冗长，不想看。这时候，女人会点上一支烟，吞云吐雾。北村的女人抽烟的不少，档次不高，五块一包的红杉树。

睡得再晚，她们还是起得很早。"豆锄三遍，荚生连串"，只要有心，农活干不完。村里的狗子很多，黄的，黑的，花的。大清早，不小心会碰见它们在大路边缠绵，卿卿我我。一下子，女人的脸红得像喝醉酒，她们扯开大嗓门："畜生，滚开！"心里面却像揣了小兔子，扑通通乱跳。赶紧逃得远远的。

北村的女人不喜欢到处溜达，尤其是晚上。镇上流行广场舞，老的小的，每天总要扭出一身臭汗。北村的女人，没有这个闲情。她们很累，要养精蓄锐。躺在床上，她们想象力是丰富的，放电影一样，能把自己的男人在外面的劳动生活的场景创作出来。"电影"的结尾都是喜剧：丈夫回来了，孩子们也回来了，一沓花花绿绿的钞票，一张三好生的奖状几乎同时递到女人手上。一家人围着炉子，吃着，喝着，谈着，笑着。女人也破例喝了一杯酒，脸蛋红晕起来，像春天里盛开的桃花。

女人的"电影"有时会循环播放，后果是一夜无眠。天亮，一个电话过去。电话那头一头雾水：神经病。没事打什么电话？女人讨了没趣，心里却高兴。细心的她们已经套出男人回来的大致日子，扳起指头，掐着算着。在男人回来之前，女人会把一窝床被晒了又晒，直到松软得好像刚出炉的面包。

转眼，冬天来了。男人回家的脚步近了。女人的情绪高涨起来，欢声笑语充满了整个村子，凄冷的季节变得有些温暖。村口，有意无意会看到女人等待的身影，萧瑟的北风，吹乱了女人用心梳理的长发。

叶 子

　　叶子的儿子考上县城的高中。镇上人告诉我，叶子将前往陪读。

　　按理，这年头，陪读已经不算什么稀罕事了，可搁在叶子身上还真是个新闻，大新闻。要知道，陪读陪的是实力，是大手花钱而不心疼。别的且不说，在学校附近租个房子，如果三年的房租一次性付尽，少说也得一两万。这还不算，大人还得陪着绑着，包揽下孩子的吃喝拉撒——赚不到一个子儿，还得不住气地往里面扔。显然，叶子不具备这个实力。

　　叶子家的日子一直过得紧巴巴的。叶子的老公腿脚不灵便，在巷子口开了个剃头店，光临的是几个熟得不能再熟的"中老年"，赶时髦的年轻人自然不会光临——公路边发廊里水灵的妹子有的是，谁还在乎多给几块钱？支撑这个家多亏了叶子。叶子有双粗大的手，灵巧而不失力气，什么都能做。

　　一听说叶子去陪读，全镇人先是咂嘴，后是笑，笑叶子不知天高地厚。别人笑叶子是真笑，桂香笑叶子是替叶子着急。桂香和叶子稍微沾点亲，冲着这一点她来了个现身说法：陪读不容易，要有实力。桂香的儿子在城里读高一，当时差了三分，父母笑嘻嘻地多掏了 3 万元。桂香陪了一年，感慨颇深，花了几万元钱不谈，自己心爱的麻将也戒了，无聊时除了逛街还是逛街。桂香家里有实力，老公做生意，卖鱼卖蟹卖虾，什么赚钱做什么。

桂香对着叶子笑了好一阵。叶子也对着桂香笑着，不说话。临走，桂香说，点到为止，你后悔不要说姐姐没有提醒你。叶子抬起手臂，用她那粗糙的手掌挥了挥，谢谢，没关系。

接下来的故事，没有太多的悬念，叶子还是去陪读了。在县城里，叶子和桂香不期而遇。叶子行色匆匆，脸上红扑扑的。上去一寒暄，桂香脸红了——她误读了叶子的陪读。

叶子在儿子的学校里做生活老师（宿舍管理员）。她粗大的手掌，成了应聘时的"杀手锏"——生活老师，说白了就是能吃苦耐劳。虽说生活老师地位卑微，一个月也就千儿八百，但毕竟解决了叶子的燃眉之急，还让叶子有了和儿子常常见面的机会。叶子和另外一名生活老师负责一幢女生宿舍楼的卫生管理工作。除了打扫厕所和走廊外就是指导孩子们大扫除整理宿舍内务。偶尔，叶子还义务帮孩子们洗洗衣服。

桂香的脸上火辣辣的，猛地想起了自己初中时学的一篇课文《为学》，她感觉，叶子就是那个凭借一瓶一钵到南海化缘的穷和尚。

转眼一年过去了，叶子已经和老师们混得很熟，老师们对她那个不爱说话但是学习自觉的儿子给予了更多的关心。上了高二，叶子的儿子不怎么腼腆了，有什么疑难问题也能大大方方问你问他了。桂香还在陪读，孩子上高三了，她有了一些压力。有时，桂香要打听什么消息，常常跑叶子那里去，叽叽咕咕一番。

一次和桂香聊天，叶子摸着自己满是茧子的手说，等孩子高中毕业上大学，如果有必要，她还要去陪读。桂香先是一怔，然后使劲点点头，笑着，目光里含有几分赞许。她相信，叶子有这个实力。

秀　红

　　麻团大的镇子，棋牌室却不少，就像麻团上的芝麻。连资格最老的赌客都说不清楚，镇上一天究竟有多少人坐在麻将桌旁。可是，秀红心里有数，也说得清楚。要知道，秀红是个"赌盲"，活了40年，还没有摸过麻将。

　　秀红是炸麻团的，吃的是"百家饭"：一天要炸几百个麻团，几百个麻团就要有几百个人来吃，几百个人吃了麻团，秀红才能有饭吃。为了让自己有饭吃，秀红必须在麻团的制作和销售上动些脑筋。给棋牌室送麻团，是她销售的最重要手段。虽然，棋牌室老板不可能天天买麻团——赌客们也要换换口味，但相对而言，棋牌室里的这支队伍庞大而稳定，秀红当然不能放过。哪家的赌客偏爱豆沙馅，哪家的偏爱芝麻馅，秀红总能估摸得七不离八。

　　一开始，秀红主动朝棋牌室送麻团，还搭上自己的笑脸。后来，麻团供不应求，棋牌室老板便主动出击，来秀红的摊子上买。麻团吃的是热，冷了就不好吃了。计算好炸麻团的时间是很重要的。秀红炸好麻团后，放在两个长方形的白色搪瓷托盘里等棋牌室老板来拿。秀红从每家拿麻团的数量，就能推断出每家的打牌人数。这个人数对秀红来说，属于商业机密，她从来不告诉人。

秀红炸了十多年的麻团。没办法，下岗了，得找个饭碗，活人总不能被尿憋死。秀红的家临近大街，她便和老公一道学着做麻团卖。刚开始，秀红有些害羞，时间一长脸皮也就厚了。秀红巧，炸麻团的手艺提高很快。炸好的麻团，黄里透红，一咬，油冒了出来，甜津津松软软的。镇上不少人家来了客，吃晚茶，总会到秀红这里买几个。

紧挨秀红家的是"鑫龙"棋牌室，生意红火，一群麻将爱好者，着了魔似的夜以继日。特别是秀红的初中同学凤霞。凤霞和秀红初中毕业后一起安排在供销社工作，两年后一起下岗。在秀红刻苦钻研炸麻团的工艺的时候，凤霞到处找工作，但一直没有找到个称心如意的，只能东做两天，西做三天。好在开出租车的老公顾家，肯吃苦，劳动所得一股脑上交。手头上宽裕了，凤霞就打打麻将。散场早，凤霞会到秀红的摊子旁边坐坐，拉拉呱。只是，秀红忙得连头都没有时间抬，一边应答着凤霞，一边不停地忙碌。赢了钱，凤霞的情绪会非常高昂，兴奋地把打的张张好牌都告诉秀红，秀红不懂，一头雾水，但凤霞还是讲得眉飞色舞。输了钱，凤霞会灰溜溜地回家，秀红喊她，凤霞头也不转，逃得远远的。秀红告诉凤霞，赌钱如拉锯，有来必有去。来来去去，输掉的还不是时间？

后来，凤霞去了小学做清洁工，白天没有时间玩牌了，只能挪到晚上玩。晚上没有时间，凤霞就挤时间。时间是海绵里的水，凤霞用力一挤，还真出来了。麻将没有耽搁，只是，凤霞没有更多时间过问孩子了。凤霞有自己的逻辑，学习只靠自己，总不能跟着儿子一辈子呦。

晚上，当凤霞在麻将桌上鏖战的时候，秀红也没有闲着，碾粉、做馅，还有，就是陪着女儿。秀红文化不高，不能辅导女儿，陪，她是会的，要不就做些后勤工作。

一天，鑫龙棋牌室来了四五个穿公安制服的，赌客们吓出一身冷汗。

还好，穿制服的转了一圈又走了。后来得知，是谁举报的，只是，一两百元的来去，属于娱乐，不抓。凤霞那天很是狼狈，散场后，她发的第一个誓便是戒赌。果然，凤霞很快失踪。看不见凤霞，秀红为她高兴，毕竟戒赌虽不是戒毒，但也不容易。没想到，个把星期后，凤霞又冒出来了。冒出来的凤霞瘦多了，表情像关在牢笼里的人一下子见到阳光，看来是憋坏了。

重新回到麻将桌上的凤霞，在桌上听到一个爆炸性的新闻：秀红在城里买房子了，虽说不大，80多平方米，可也要30万呢。散场后她找到秀红问个究竟。在凤霞面前，秀红没有遮遮掩掩，淡定得不像是买了房子，倒像是买了一件衣服。再看秀红，没有一丝的骄矜之色，依旧在炸着麻团。30万，这要炸多少麻团啊。

几天后，秀红跟凤霞又说了一个消息，几乎让凤霞晕倒：秀红的女儿考上了大学。要知道，凤霞的儿子高中都没有念下来，嘟哝着要出去打工，最后跟人学了理发。这小子，也不过才18呢。凤霞头都大了。

鑫龙棋牌室的赌注又提高了，从200元升至300元。凤霞明显来得少了，不知是不是感到有经济压力。秀红的大麻团仍然没有涨价，一块钱一个。一咬，依旧油汪汪甜津津的。有一天，散了场，凤霞看着忙碌的秀红，有些尴尬，说道："老同学啊老同学，没想到你这个从来不摸牌的人，却打了一连串的好牌。"

秀红抬起头，看着凤霞，说，你打麻将，我炸麻团，一回事，反正都沾个"麻"字。秀红的一句话，让凤霞没了尴尬，哈哈笑着。

心里面，秀红清楚，两个"麻"字虽说写法一样，差别却很大，一个天上，一个地下。

候鸟老葛

天阴湿了好几天，终于放晴。工地上，民工们已经到岗，铆足了劲赶着手里的活，脚手架下不时传来钢管碰撞的当当声。

站在我面前的是民工"老葛"，不高，壮实，一脸的微笑。老葛话语不多，熟练地做着模板，量、锯、撑，一丝不苟。平常的老葛，下了工喜欢拿着收音机，关注着天气预报。天阴沉，老葛的脸也跟着阴沉。阴天就得休息，休息一天就少拿一天的钱，还要赔进去吃用开支，谁愿意和钱作对呢。

老葛的旁边是他的儿子小葛，专门帮着递拿东西，打下手。小葛才从学校门出来的，木讷，不灵巧。老葛苦笑，没有责怪，和孩子计较什么呢，谁上工地没有个适应期？工地是一口锅，天长日久，再腼腆的人也能熬成老油条。这个新建的小区有百十亩大小，高层多层合起来，建筑面积少说10万平方米，没个一年两载工程不会完工。

戴上橘红色安全帽的父子，猛一看，就像弟兄俩，工资却天壤之别：老葛属于"师傅"，300元一天；小葛属于"小工"，150元一天。一个人抵儿子两个，这让老葛有些得意：甘蔗经霜才甜，人还是有门手艺好。当年，老葛还是小葛的时候就跟在师傅后面学木匠手艺了，学了两年，辛苦自不必说。学徒的第一天，师傅就告诫他，手艺学无止境，木匠怕漆匠，漆匠怕光亮。师傅先是让他拉大锯、刨木板，慢慢才让他凿榫眼、弹墨线。师傅领进门，修行在个人，许多东西师傅是不教的，要靠自己去悟，去探索。两年后老葛出师，师傅才给了他第一份工钱。有了名气后，同镇的包工头硬是三顾茅庐把他请了出来。在工地，老葛负责做模板，这是个技术活。

看着儿子笨拙的样子，老葛嘴里直嘀咕：真是个算盘珠子，不拨不动，不受点罪真不知道钱是怎么来的。小葛上学时一直不吃字，作业不交是家常便饭，老葛常年在外自然没有时间管，妻子又管不住儿子——也没有精力管，中考不理想，老葛让儿子上了职校，没毕业，小葛嚷嚷着要出来赚钱。老葛没说什么，他让儿子先跟在自己后面体验一下。小葛有点文弱，只能帮着搬运建筑材料，有时，跟在师傅后面学着扎钢筋。不当和尚不知道头冷，老葛想让儿子摔个跤，买个明白。

工地上的生活是单调的，今天复制着昨天。碰上阴雨连绵，大把寂寞的时光让民工们不知如何打发。没有电视可看，他们只能打牌，聊天，喝酒。上班时，白天不允许喝酒，晚上就自由了。酒就是个好东西，能消除疲劳，化解烦闷。老葛喜欢喝红星二锅头，度数高，带劲。小葛也能喝点啤酒。喝了酒，小葛喜欢和同龄人去逛街、散步，老葛喜欢睡觉，或者鼓捣着他的收音机。老葛怕上街，有一回坐公交车，老葛没来得及换下脏衣服，车上众多鄙夷的目光，让老葛如芒刺在背。

老葛对我说，人要知足，现在的打工条件比以前好多了。住在用夹芯板和彩钢瓦建的工棚里，有食堂，有淋浴房，什么都是机械化，活儿轻松。工资是要到年底结算的，每月发 1000 元的生活费。急用钱，也可以打个欠条，到包工头那里去取。只是，一种漂泊感挥之不去。晚上，对着窗外的皓月，常常想起家里，不能入睡。

物离乡贵，人离乡贱。如果不是为了挣更多的钱，老葛绝不会出来，飞来飞去，从苏北到苏中，像一只不知疲倦的鸟。在老家，每天晚上，做了一天的木工活回来，妻子会给老葛炒两个小菜，斟好白酒……老葛的家里有一亩八分地，妻子一个人在家侍弄，收获的季节，老葛会赶回去帮忙。

铁打的营盘，流水的兵。工程结束，老葛和他的伙伴会转移阵地。他们是城市的过客，也是栖息在城市的候鸟，从遥远的农村飞来，筑巢、弃巢，又远走高飞。老葛最高兴的当然是过年回家，揣着大把大把的钞票，理直气壮得像凯旋的战士，一年的疲劳溜得无影无踪。老葛告诉我，攒足了钱，他想在城里买套住房，不大，两室一厅就行。

漂泊十多年，老葛见证了一座又一座城市从灰暗到鲜亮的转身，拔地而起的高楼让老葛的心里充满了自豪和骄傲。和许多农民工一样，漂泊久了，老葛有些心累，也想早日回家。但，为了梦想，他只能选择飞翔。

空　巷

站在巷口，我茫然得就像姜二家的那头羊。

那头羊被姜二从田里牵回来的时候，巷里的孩子呼啦一下围了上去。他们稀罕。快到姜二家门口的时候，羊闹了情绪，不肯走，还露出一脸的迷茫。姜二折了根柳条抽打它几下。羊也不示弱，屙了一摊黑豆似的东西，把周围人弄得哈哈大笑。没有想到，30年后，我变成了它。

巷里很少有这样的清冷和空荡。除了阳光和空气，一切变得很陌生：栽了没多久的桂花树，油光锃亮的瓷砖，还有无所不在的水泥路。我把熟悉的东西找了好几遍，它们都躲了起来：炊烟、草垛、榆树、苦楝树，还有被鞋底磨得光亮的青砖路。

巷子里我最熟悉的是空气。它跑起来，我们喊它风。风吹到脸上，清凉，和30年前没有两样。风是不好得罪的，它来无影去无踪，会在某个时候跟你算总账，拿走它需要的人或物。孙先生、姜大伯、我的父亲……他们是在冬天被拿走的，寒风过后，再也找不回来。

我来回地踱着。从巷头到巷尾，122步还是123步，我记不清了。巷子认识我的脚印，我在这里生活了20几年，脚印遍布它的各个角落。我竖起耳朵，再细微的声响，我也会把头伸过去，准备搭讪。巷子里，露出的多是生面孔——她们租住在这儿，陪孩子读初中。

巷道弯曲，只能怪两边房屋的不争气。你凸一点，它凹一些，没个正形。孙先生说，巷子的风水不好，官运财运不旺。孙先生读过私塾，墨水多，见识广。确实，巷里没有一座方方正正、古色古香的深宅大院，生活着的也尽是些卖手艺的、种田的，还有做小生意的。至今，巷里最大的官就是小队会计。说出来寒碜。

穷归穷，你必须承认，巷子一度是小镇最热闹的地方。从早到晚，这里不缺人，满巷都是熟悉的声音。除了人，还有花花绿绿的鸡们，或结党营私四处觅食，或躲在树荫下睡午觉。我们是为巷子的热闹做出过贡献的人：为了让同伴发现不了，我们弄翻过唐家的草垛；为了一只蟋蟀，我们扳下过邹家院子墙角的十几块砖头；同样，为了做一个羽毛毽子，我们把李二家那只漂亮的公鸡追得无处可逃，飞上了树。

巷子的弯曲或许是隐喻着生活的不易。奔波忙碌，是巷里人的生存常态。他们心有不甘，想用自己的青春，出去赌一把。慢慢，他们走出巷子，走出镇子，到了更远的地方。巷里空荡起来。李二家的三间瓦房，铁门紧锁，至少20年不住人了。院子里满是杂树的枝丫。南墙已经偷偷开裂，一棵小桑树从墙隙顽强挺出。大门上方的透气窗已经洞开，鸟儿进出自由，它们是房子的真正主人。当初，李二兄弟两个为争夺三间老屋弄得不欢而散。现在，弟兄二人均在苏南，混得不错——旧房子谁也顾不上了，空着，荒着。

巷里风传拆迁已经好几年了，老是打雷不下雨。偶尔，李二会坐着他的小车回来看看。巷子太窄，李二的车只能远远地停着。下了车，李二走到屋前，没有进门。看到房屋还在那儿，李二放了心，和邻居寒暄几句便走了。他忙呢。

我家老屋的后面，是一块有争议的空地，说不清是谁家的，长满了杂树和野草。夏天时，疯长的草比人还要高。我的父亲曾在空地上栽过许多树，他是木匠，喜欢树。后来，这些树，特别是那些长得笔笔直直的，竟成了几户人家你争我夺的目标。树是认不得主人的，而它们长得又实在相似。现在，这块地，居委会新栽了十几棵桂花树，它们后来居上，成了这里的新主人。

大山，高个的女人，我的邻居，也是我母亲的朋友。大山的男人去世了十几年，她一个人生活着，平静而满足。儿子儿媳在四川办厂，忙得很。去年，孙子考上四星高中，儿子让大山去陪读。大山在城里租了房子，把巷子里的房子租给了那些从更偏远的地方来陪读的人——小镇有个不错的初中。只是，乡下的房子不值钱。别人给的租金，是大山城里房租的零头。少了个说话的人，我的母亲有些沮丧。好在还有个姓曹的奶奶，和我母亲谈得来，她是邻巷的。大山说，快啊，三年，也就一眨眼的工夫。

姜二现在到了什么地方，我不清楚。我们至少有 20 年没有见面。他把新房子砌到了镇郊靠近田野的地方。羊早就不养了。老房子还在，锁着，因为修路，已经缩水，没了围墙和天井。听人说，姜二在城里做装修活。能赚到钱，辛苦是自然的。

我不知道，巷里外出的那些人何时回来。也许，那个时候，他们乡音未改，却发现，自己老了。就像刘亮程说的："出门时是个孩子，回到家已成老人。"好在，我们还有记忆。记忆不会老，就像我家屋后空地上的荒草，春天一来，会呼呼地疯长。

人望幸福树望春

上周回老家，碰见了韩老伯。一头白发的他，依旧踩着三轮车，带着杆秤，一路吆喝着收废品。

在老家教学的时候，韩老伯常到我们学校收废品，一来二去，我们便混熟了。几年之前，韩老伯曾是小镇茶余饭后谈论的热点：女儿顺利考上大专，老头发了疯，决定供她上。上大学，本不是什么稀罕事，可是搁到韩老伯这就不正常了，简直是石破天惊的壮举：首先，韩老伯家里穷得叮当响，女儿学费无疑成了个天文数字；再说，女儿不是韩老伯亲生的，是他捡来的。何苦呢。

韩老伯是个单身汉，属于一人吃饱全家不饿的角色。20多年前的一个晚上，韩老伯去亲戚家喝酒回来，门口传来婴儿哇哇的哭声，一个包得内三层外三层的婴儿躺在地上，旁边，一个奶瓶，一摞尿布。孩子的怀里揣了100元钱，还有一张字条，写着孩子的出生时间：农历三月初十，凌晨四点。稀里糊涂，韩老伯一夜之间成了个"父亲"。他不得不在享受一个父亲快乐的同时，负起一个父亲的伟大责任，挣钱，挣钱，给孩子一生的幸福。他给孩子取了个充满希望的名字：春花。韩老伯把全部心思花在春花的身上，孩子要星星不给月亮，自己则节衣缩食，戒酒戒烟，毕竟，"嘴是无底洞"。就这样，小学、初中、高中，一路供着，虽说有些吃力，好在他撕开了脸皮，收起废品，本钱不大，收入颇丰。每到学期末，韩老伯总到我们学校收废品，老师们还照顾他，许多旧试卷旧本子都廉价给了他，韩老伯满脸笑容，不停点头哈腰，用粗糙的手，掏出一包没有拆封的"红杉树"，拆开，分发着。他和我们谈得多的就是女儿，抑制不住的喜悦和兴奋。说实话，在整体生源素质不高的农村中学，他的女儿属于佼佼者了。

镇上许多人笑他，捡回的丫头，还遭这份罪，何苦呢？韩老伯不这么想，说，"人望幸福树望春"，姑娘争气，考上了，我总不能打退堂鼓咿，没钱，借呗。韩老伯话说得轻松，这几年过得并不轻松，起早带晚，拼死拼活，赚钱，还债。还好，挺过来了。

毕业后，春花留在了苏南。公司效益不错，薪水颇丰。韩老伯终于轻松起来，跟人说话，嗓音也高了八度。只是，没有几天，他便有了一种失落感，毕竟，养了20年的女儿，说飞走就飞走了。后来，春花嫁给了一个城里人。结婚的时候，韩老伯去了，几天后回来了。韩老伯说，女儿女婿倒是叫他住下来的，他死活不肯。理由很简单：城里闷，闷得人心烦意乱，再说，"久住令人厌，勤去亲也疏"，金窝银窝，不如自己的草窝。于是，韩老伯依旧生活在小镇，依旧踏着他的三轮车，吆喝着收他的废品。女儿女婿隔三岔五回来看看他。慢慢地，女儿女婿回来的次数少了，再后来，不怎么联系了……镇上人说，春花找到了她的亲生父母，亲生父母也在苏南，很有钱。

每年的三月初十，女儿春花的生日，韩老伯总是站在巷子口，等着，盼着，就像路边耸立的一棵老树，等待着春天的到来。

第四辑

亭子间的灯光

我和毕飞宇是同学

毕飞宇，这位第八届茅盾文学奖的获得者，是我大学的同班同学。

我们是在 1983 年 9 月 15 日，一个细雨蒙蒙的日子，一起成为扬州师范学院中文系的学生的。我们那一届中文系，兴化去了 9 个，其中鲁迅中学毕业的就有 5 个，毕飞宇是其中之一。当时，鲁迅中学文科班的名气很大，后来也确实出了很多能写的会写的，除了毕同学，还有获得过柔刚诗歌奖、紫金山文学奖的庞余亮等。

我们进扬州师院的时候，我们的中文系也是扬州师院历史上最辉煌、最有魅力的时候，师资力量雄厚，人文气息浓郁。正如毕飞宇所言："在我心中，那时的中文系是最好的，那时候中文系的老师是最好的。"（毕飞宇《我的扬州，我的大学》）

毕飞宇面目清秀，看上去有点瘦弱。虽然瘦，但他练过健美，上身脱光，还真有些型。大学四年，他的宿舍常年驻守着一副哑铃。晚自修后，总有一两个健美爱好者赤膊上阵，乐此不疲，可能是受毕飞宇的影响吧。说话时的飞宇总是笑笑的，话语中没有更多的"阳平"声调，我判断他不是来自兴化城里。后来得知，他的父亲是兴化广播电台的编辑，曾下放农村，所以毕飞宇在农村生活了好长一段时间。我和毕飞宇有个共同点，睡眠不太好。我记得很清楚，飞宇有个很精致小巧的枕头，里面装了弹簧，我曾好奇地用手按了按，弹力很好，心中自是羡慕不已。

飞宇比我大一岁，我们总喊他"老毕"（那时央视的老毕还没有成名呢）。老毕说话，俏皮油滑，常常让人忍俊不禁。有一次，学校发了皮蛋，每人一个。有人喜欢吃，有人不喜欢。毕飞宇显然是属于喜欢的，吃了一个以后还有些意犹未尽，来到我们宿舍，把我对面床上伙伴的皮蛋吃了。明人不做暗事，他写了一张纸条贴在床边："阿俊，你的皮蛋不幸爬进我的肚里。毕飞宇。"主人回来，大笑不止。

成名后的毕飞宇多次很谦虚地说自己大学时常常"迷路"，就像扬州师院旁边马路上那头四顾茫然的驴子。其实，飞宇是很用功的，他是图书馆的常客。印象中，他读书很是认真。我观察过他看书时的模样：全神贯注，喜欢用手指不时地捏着下巴。他晚自修总是回来得很晚，到宿舍时，我们基本上都上床聊天了：要么吹牛，要么就是给班上的女生打分。

大四，是毕飞宇最"发力"的阶段。他准备报考美学研究生。那一年，我真正感觉到了作为班长的毕飞宇咄咄逼人的才气：征文获奖，杂文发表……记得在一个平房教室里，马列文论课上，毕班长和年轻的陈学广老师辩论起来，是关于"人物的典型性"的，两个人各抒己见，你来我往，引得同学们阵阵喝彩。那堂课真的"经典"，我终身难忘。我相信，这样的互动，现在的大学课堂难觅踪影了。

毕业后，我在农村任教，飞宇兄在省城里做教师，我们没有联系。后来，他成了作家，我依旧是教师。再后来，他成了著名作家，我则成了他的粉丝：买他的书，读他的书。有段时间，甚至有些痴迷。我常常想：这些丰满的小说，到底是不是大学里那个喜欢说俏皮话的毕班长所写？唉，人生真是太奇妙了，当初扬州师院求学的时候，谁能料到，我们的身边会冒出这样一位小说大师？

作为同学、老乡，我还是吃了不少毕飞宇的"亏"，特别是我到了泰州以后。很简单，教师之间聊天，一提到兴化，自然会问到毕飞宇，一问到毕飞宇，就会得出这样一个结论：兴化人，有才，个个能写。于是，为了面子和尊严，我不得不死皮赖脸地撑着，做了一些力不从心的事情，出洋相是自然的了。

有一次，心血来潮，我突然打了电话给我的这位老同学，向他请教。电话那头的毕班长依旧像大学时那样健谈，机智而爽直。他告诉我，我的老师只能是"生活"，"生活"是我们唯一的老师。我愣住了，转念一想，感觉很对，老同学没有和我开玩笑——写作不应该凭空捏造，生活才是写作的唯一源泉。试想，没有在特种师范的工作经历，没有练健美的爱好，没有和盲人推拿师的亲密接触，我估计老毕是很难写出《推拿》的。

今年8月，茅奖评选正酣，我发了一条电子邮件给飞宇，表达了一个老同学对他的真诚祝愿。说真心话，《推拿》我细细拜读过，对飞宇兄获奖还是充满信心的，但我也担心评委走眼，毕竟，《推拿》走的不是"宏大叙事"的路线。十多天后，大奖尘埃落定，《推拿》如愿以偿。我也收到回信——飞宇兄刚从法国回来。老同学的回信惜墨如金，根本没有提及茅奖。但，透过他简短而有些俏皮的问候，我能猜出，他的心情是相当轻松和喜悦的。

初为人师

　　1987 年的夏天对我来说是漫长的，师范毕业，我正等待着分配。我的心情，恐怕只有等待分娩的孕妇才能理解：期待，焦虑，忐忑。8 月下旬，一封兴化教育局的信函，通知我去魏庄中学报到。想到自己要成为一名光荣的人民教师，我的心中暖流涌动，干劲高涨。

　　很快，我高涨的热情便被一盆凉水浇得无影无踪。邻居孙大爷一听说我分配至魏庄，直摇头，说，不行不行，那地方太偏僻了，婆娘都难找。孙大爷做过生意，走南闯北，而且念过私塾，肚里有墨水。他还说文解字了一番："庄"的意思就是"村落""田舍"，魏庄再大，也就是个村子。

　　顿时，我的父母成了没头的苍蝇，无所适从，在众人面前也似乎矮了一大截，我考上大学时的风光荡然无存。父亲沉默片刻，说，做菩萨还要烟烧火熏呢，吃点苦也好。母亲倒是少有的镇静，有些诡秘地说，看看教师里有没有女的，找个。当时，魏庄在什么方位，我一无所知。我倒知道鲁迅《阿 Q 正传》里有个"未庄"，很闭塞，很落后。想着想着，好像我也成了阿 Q，心里充满彷徨和迷茫。

　　我是骑着自行车到学校报到的。嘴巴就是路。顺着公路一路前行，到了海南镇刘家泽，公路也到了尽头，只能沿着河边小路继续向东。路高低不平，时不时还来个缺口，只好车骑人。到了魏庄，新买的自行车已经糟蹋得不像样子。由于前几天刚下过雨，路不是太干，轮胎上沾满了泥，走起来艰涩得很。到了魏庄，我先找了个码头，再在旁边的草垛上扯下一把草，给车子清洗一番，装扮一新来到学校。报名是在亲切友好的气氛里结束的。教导主任给我的印象最深。他姓屠，但没有半点杀气，和蔼可亲，轻声慢语。而我的一名高中同学——曾经的哥们，已经在这里"潜伏"了两年。他是大专，比我早毕业两年。

第二天，家里人找了一条挂桨船，把我的行李从老家运到魏庄，我的教师生涯算是正式开始。第一项任务自然是解决好自己的住宿。我找到总务主任，迎接我的是他疲惫的脸色。主任跟我打招呼，让我克服眼前的困难。原来，学校正在搞基建，住宿只能暂时安排校外，就五六天。我被安排到离学校不远的农具厂外面，一间废旧宿舍，不大，十多个平方。宿舍居然是漏的，地上潮湿得很，两条用来搁床板的学凳足足有半条腿陷进里面。屋里没有通电，晚上只能点蜡烛了。睡觉时，我能看到拳头大的天空，时不时有一两颗顽皮的星星，出现在我的眼里。谢天谢地，那几天，晴朗无雨。很快，我搬进了学校。

和我同年分配来的教师共有四位，清一色男子汉。其中有个小伙子已经谈了女朋友，也是读师范的，只是，几天后，女朋友和他好说好分了——女朋友分配在扬州城里。全校未婚女教师，没有一个；男教师队伍里光棍居多，大大小小，连同几个老婆在外地的，18个。自嘲为"十八罗汉"。学校最南边临河的一排宿舍是单身教师宿舍，十八罗汉里的大部分住在这里。晚上，这里灯火通明，"罗汉们"都在紧张备课。当然，也有不少人在积极备考，考研。这几乎是当时教师靠自己本领飞出农村的唯一方法。

我任教的是高二语文和初一语文，这样工作跨度在现在很少见，那时却很正常，由于编制不足，教师的工作量都很大。我的工作重点自然是放在高中。我记得我上的第一节课是碧野的《天山景物记》，我是一口气把课文读下来的，没有半点气喘的样子。孩子纯朴得很，稍微关心一下，他们会感恩戴德，念念不忘。记得，我班上一名小个子男生，我鼓励他几句，成绩便上升了，家里人让他带来半蛇皮袋山芋给我。拒绝无效，我只能笑纳。我高中班的语文课代表叫杨大翠，名字非常有乡土气息。女孩大大咧咧，成绩虽不算很好，但勤奋，好问。杨大翠和班上另外一名女生曾帮我洗过被子，那是她们平生第一次洗被子，我感动万分。那时正值初冬，很冷。

那时候，最快乐的时光是在食堂里打发的。食堂师傅老瞿，老光棍一个，专门给教师烧菜。老瞿烧得一手好菜，让我们在紧张工作之余多了一份期盼。老瞿烧的大肉圆，最让我垂涎三尺。肉圆垒球般大小，先放油锅里煎，然后红烧。肉是瞿师傅亲手剁的，不很碎。不像现在的肉圆，用机器铰的，很碎，没有嚼劲。每天，瞿师傅把烧好的菜一份份均等地分在小碗里，接受着教师们的挑三拣四。每天，上午第四节课，靠近食堂的教室会闻见一股浓浓的菜香，老师和学生都在不停咽着唾液，期盼着下课的铃声。

魏庄中学是传统体育校，排球特色。每天上学，学生们一手书包一手排球。课间，学生们两个一组，互相垫球。操场的上空，上百只排球飞来飞去，像成群的白鸽翱翔。教师们对排球兴趣不大，对足球倒是情有独钟，常常分组对抗。两张学凳，竖起来，一根竹竿搭着，便成了简易的球门。每进一球，场上场下会传来快乐的尖叫声。最快乐是比赛以后，我们凑份子碰头。去庄上的春杨饭店，庄上唯一的饭店。一张大圆桌，十几个大小伙子，大醉而归。

周末的校园是清冷的。有老婆的没老婆的，大部分都要回家。偌大的校园，只剩下我们几个不想回家的单身汉。我们会给自己找点乐子。我常常和我那高中的同学喝酒。一瓶分金亭，一碗猪头肉，一碟花生米，如此而已。酒，一人半瓶。那时的酒量大，胆量更大，一大杯，咕噜噜，一饮而尽，绝无半点拖泥带水。酒后，我们会变成话痨，谈工作，谈理想，谈前途。当然，也谈女人。我们是凡人，不可能脱俗。

学期结束，食堂里养的几头白胖的猪终于开刀问斩。猪肉平分，每位教师十斤。我们新分配的，每人五斤。少了点，但已经让我很兴奋了。寒假，我是带着五斤肉踏上回家征程的，像凯旋的战士。骑着自行车，行驶在乡间小路上，无比畅快。风依旧凛冽，但明显透露出新春的气息……

第二年暑假，我当了逃兵——调到老家做教师了。家里人弄了一条船，把我的行李带回：一包脏衣服，一床被褥，一个木箱子，还有几捆杂书。当挂桨船驶离魏庄的那一刻，我的内心忽然掠过一丝的不舍，眼角边居然有了潮湿。站在船头，回望着离我越来越远的村庄，心里面，我默默说道：再见了，魏庄！再见了，老师同学们！

恩师若树

　　我初高中时的英语老师姓邵，有一张轮廓分明的脸，总是戴着一副老式的宽边眼镜，镜片是个绝对的酒瓶底。由于近视得很厉害，摘下眼镜时你会发现，他的眼窝凹陷得很深。

　　邵老师上课嗓音高亢洪亮。第一节课我依稀记得，简单的自我介绍后，老师说道："请叫我 Mr. Shao。"教室里有些骚乱，不少人不相信自己的耳朵：什么？叫他"美死他，邵"？

　　接下来，邵老师开始教大家 26 个字母：书写、发音。说实话，当时我们懵懂得很，对英语提不起精神，理由是一首流行的打油诗："我是中国人，何必学外文；不懂 ABC，照当接班人。"

　　几堂课下来，还是有好几个人 26 个字母都写不周全，默写本子发下来，红笔勾画得密密麻麻。邵老师笑笑，从马克思的"外国语是人生斗争的武器"，谈到高考，再谈到学外语的前景……慢慢地，班上安静下来，就是在那个时候，我喜欢上了英语。

　　邵老师很注重单词的读音。他说，这就像唱歌一样，找不准音调，再声嘶力竭，也是无用功。他经常纠正我们的发音，让我们观察他蠕动的喉结，区分"清辅音"和"浊辅音"。

班上有不少像我这样喜欢耍小聪明的，总在单词旁边注上中文，比如"革命"这个单词，注上"来歪肉心"，把英语当成语文来学，一开始还有些自鸣得意，时间一长，露了洋相，发的音破绽百出，自然遭到邵老师的批评。

邵老师特别喜欢提问，不停喊着"Sit down""Next"（坐下，下一个）。有一次，邵老师提了一个难度系数很大的问题，是关于英语语法的，一大圈下来，没有人能回答得让他满意，气氛有些紧张，邵老师的额头沁出了汗珠。

没想到，从不显山露水的我给回答了出来，邵老师拳头"嘭"的一声重重捶在讲台上，随即大吼一声："All right！"表情夸张无比，教室里先是沉默，接着一阵哄笑。

1983 年高考，我考上了心仪的师范学院，应该说是沾了英语发挥得好的光。毕业后，我很幸运地和邵老师共事了一年，老师的为人和对工作的热情与认真影响着我。后来，他悄无声息地回到了他的故乡，任教于扬州一中。

去年，母校同学联谊会邀请到了邵老师，恩师身体硬朗，很少白发，只是发福明显。"好大一棵树，任你狂风呼，绿叶中留下多少故事，有乐也有苦……"联欢现场播放的《好大一棵树》，引得邵老师潸然泪下。

临别时，我告诉恩师，当年他来的时候，学校栽下的那两棵雪松，长得很好，已经高高大大，枝繁叶茂。

亭子间的灯光

　　我聊天的癖好是在小镇养成的。那时候的身份是高中语文教师。每天从讲台边走下来，总是汗涔涔的，紧张。下了课，我自然要想个办法，平息一下紧张的情绪。办法终于找到：聊天。这活儿轻松有趣，小镇躲藏得再隐蔽的消息也被我们翻出来，风一吹，到处都是。

　　我们聊天的地点，多在老耀的宿舍。老耀是我们的教研组长，"耀"是他名字的最后一个字。老耀喜欢熬夜，常常，下了晚自习，学校里乌灯瞎火，他宿舍的灯光依旧顽强闪"耀"。于是，学生们便"老耀""老耀"地喊开了。很快，校园里个个都知道，"老耀"就是住在教师宿舍最西边一间的那个小个子。

　　没有想到，小个子的老耀在学生的心目中威望还挺高。这个威望的建立很大程度上是因为一个春天的早上。那个早上，7点20，学生们正埋着头吃着早饭，学校食堂外的大喇叭开始播放江苏人民广播电台的文艺天地。没有想到，老耀的名字被一个暖暖的女中音喊了出来，是著名播音员海蓉——老耀的一篇朦胧诗评论被电台采用了。海蓉温柔平和的声音，如融融的春风，让人陶醉。食堂内外，先是安静，继而一片欢腾。

老耀的宿舍狭小逼仄，10平方米左右，一道单墙拦腰隔开，里面是卧室和书房，外面是厨房，墙角有个小水缸。学校宿舍紧张，两个教师合住一个。老耀这间小，容不下两人，只能独居，这让喜欢安静的老耀沾了光。当时，我们正好教鲁迅的《拿来主义》，这篇杂文是鲁迅先生在亭子间写的。于是，我们把老耀这间小宿舍也戏称为"亭子间"。时常看到，亭子间的门口，老耀端着一个黄色的瓷杯，坐在一张旧藤椅上看书。

晚上，备完课，几个单身教师总喜欢来亭子间转转。床沿、藤椅、长凳，坐下后屁股便不愿挪动。我们美其名曰"教研"。白炽灯下，一个个亢奋得像喝了酒。谈伤痕文学。还谈朦胧诗。主讲人自然是老耀，说几句话便呷一口茶，慢声慢语。老耀喜欢读小说，讲得多的也是小说。一次，他给我们介绍周梅森的中篇小说《军歌》，直呼写得不错。那个时候，周梅森还没有成名呢。不久，老耀评论《军歌》的文章《军人决战岂止在战场》上了《文学知识》，洋洋洒洒，好几千字。我们几个是挤在老耀的床边浏览他的大作的，羡慕不已。我们提醒老耀，拿到稿费要请客。稿费很快收到，76元。相对于老耀一个半月的工资。老耀先是给女朋友买了一双皮鞋，又给自己添置了一大摞书，余下的请了客，自己下厨，忙了半天。亭子间挤满了快乐的空气。两瓶一块三角五一瓶的分金亭把我们几个弄得醉醺醺的。

校园里终于掀起了投稿热。尝到甜头的老耀自然不必说。同组的小夏更是夜以继日，一口气写了三篇稿子，到处找人挑刺。我也写了两个豆腐块一稿多投。很快，连续的退稿或者干脆是杳无音讯把我们弄得兴致全无。不久，我们发现了一个更为吸引我们的事情——打牌。晚上，四个人，一副扑克，围住一张学桌，看谁"跑得快"。赌注是一包大京果。每回，小卖部的老头看到我们光临，总是心领神会地把大京果拿到手边。我已经记不清，为了一包大京果，我们荒废掉多少个晚上。我们吃了大京果、一哄而散的时候，老耀门缝里的灯光依旧精神抖擞。

好几次，三缺一，我们想请老耀救场。唇焦口燥，老耀还是石头一般。一次教研活动，老耀给我们说了个故事：一位老人退休，想过个安静日子，但一群皮孩子在他的房前的空地上踢起了足球。老人很忧虑，但他灵机一动，夸赞孩子们踢得好，掏出十元钱奖给他们，说，你们每天踢我每天奖励。老人说到做到，钱按时送给了孩子。过了几天，老人对孩子们说，我的退休金不多，只能给五块了。孩子们依旧踢得热火朝天。又过了几天，老人说，我下岗了，没钱给你们了。孩子们生了气，捡起皮球就走：没钱，谁踢给你看呢。从此，老人又过上安静的日子。

　　我当然知道，老耀是通过故事委婉地告诉我们，读书是快乐的，大家不能像几个踢球的孩子，把本来快乐的事情，染上功利，失却了真味。我们几个还是尊重老耀的，"跑得快"组织土崩瓦解。很快，小夏的诗歌上了《风流一代》，散文上了《新华日报》。我歪打正着，几幅漫画作品上了省报，有的还获了奖。这个时候，兴化教研室的《芦花报》组稿，老耀组织我们写下水文，他的《一碗面条》、小夏的《校园一角》和我的《偷蛋》登在了一个版面。看到学生们拿着报纸指指点点，我们的心里美得很。《芦花报》没有稿酬，但我们还是很快乐的，大家凑了份子，在亭子间碰头，边喝边聊，聊文学，聊人生。

　　教学上碰上疑难杂症，我一般是把它当成马蜂窝，躲得远远的。相比之下，老耀就有点迂了：揪住不放，穷根究底。资料有限，他只能通过写信的方式向专家请教。他给语文教育家顾黄初老师写过信。顾老师居然回信了。在亭子间，老耀拿出来显摆过。后来，老耀和顾老师信件往来不断，两个人还成了忘年之交……

　　随着小镇高中的撤并，老耀、小夏和我也各奔东西。我们的联系也慢慢少了。一次出差，我在《新语文学习》的封面上，看到了老耀的照片，兴奋得晚上失眠。我没有想到，几年不见，老耀已经是个小有名气的特级教师了。一次，我接到老耀打来的电话，告诉我，我的一篇文章上了《语

会唱歌的
槐树

178

文报》，鼓励我继续写。可能是惰性吧，我没有坚持下来。老耀倒是写得不少，教学随笔集《零度的眺望》和语文教学专著《语文语文》相继出版。厚厚的两本，很沉。

老耀忙得很。偶尔，他来我所在的城市开会，总要忙里偷闲，招呼我过去，聊上几句。在老耀下榻的宾馆里，我们聊过毕飞宇、庞余亮。也聊过兴化文学、楚水在线。老耀还是喜欢读小说。他说，他在读毕飞宇的《玉米》时，竟不知不觉中流下眼泪。"每个人心中都需要一盏灯，"老耀说，"否则，我们的人生太昏暗了。"老耀向我透露一个秘密，退休以后，想搞些小说研究……

我不知道夜猫子的老耀是否还记得十五年前我们的故事。我想告诉老耀，我没有忘记。特别是亭子间，那个昏黄而柔和的灯光，曾在无数个寒冷的晚上，温暖过漂泊的我。

鲁老其人

    假如不是帮学校编报纸，我可能和鲁老无缘结识。

    对于编报，我完全是个门外汉。常常，忙得屁颠屁颠，心里面还是乱麻一团。没几天，救星来了。救星就是鲁老。鲁老是区教育局负责宣传工作的领导，和文字打过半辈子交道，退居二线，来我们学校"过渡"一下，正好发挥一下余热。

    我听过鲁老一次讲话。那时，他还在职，来我校筹划招生宣传工作。临别时，鲁老撂下了一句话："我会把我的孙子送进你们学校的。"台下有些骚动，部分教师情不自禁地鼓起掌来，但大部分教师还是冷静的，大家不相信一个局领导会把自己的孩子放到一所新建的学校。毕竟，空口无凭。没想到，学校建成后的第三学期，鲁老果然来了，后面跟着他有些腼腆的孙子——读小学来了。这回，鲁老不走了，他要做孙子的书童。顺便，帮我们学校编辑报纸。

    等我把校报拟用稿件打印好，送到鲁老办公桌上的时候，鲁老笑笑，让我隔天去取。拿回稿件时，我发现，已经改了很多地方，勾勾画画，密密麻麻……第一次，我和鲁老聊了起来。他说，麻雀虽小，五脏俱全，报纸也是这样，"文章千古事，得失寸心知"，马虎不得。就这样，第一期校报出样后，改了几次，反反复复。等报纸出来，我惊呆了：漂亮大气，版面丰富，很像个报纸的样子。当时的我，成就感十足，暗自佩服鲁老起来。慢慢地，我们成了好朋友，无话不谈，无拘无束。没想到，在我的面前，鲁老透明得像块玻璃，心扉敞亮，没有一点官腔。他说，坐了十几年办公室，写的全是"命题作文"，现在，空间广阔了，很想写些性情文字，最好文体不限。

好朋友，当然要直言不讳。鲁老电脑水平很臭，我曾经毫不留情地批评过。鲁老爱面子，低头不语，不停地抽着烟。许久，他才低声自语："看来，是要与时俱进，与时俱进。"随后的几天，鲁老一下子对电脑痴迷到疯狂的程度，成天泡在办公室里抱着一台旧电脑在研究，有时还像个好问的小学生，不停地问这问那。

十多天后，鲁老给了我一个惊喜，申请的QQ能和我直接交谈了。他打字速度突飞猛进，连接收和传送文件都会了，时不时地还发来各种有趣的表情。鲁老进步，我也很开心，因为有很多的事情我们可以在网上完成了。

鲁老的办公室缩在学校一个不起眼的角落里，逼仄，隐蔽，又很安静，是个读书写作的好地方。只是，他烟瘾大。推开门，里面总是烟雾缭绕，浓重的烟草味呛得人难以久留。鲁老抽烟是因为事情太多：写作遇到"瓶颈"，每期校报的撰稿与编辑，甚至，帮人修改论文……学校门卫告诉我，鲁老双休日还经常到学校，坐到电脑前一鼓捣就是半天。

鲁老写稿重事实，不胡编乱造，每一个数据都要去核实校对。有时，我有些想不通，笑他太"迂"，但事后一想，就感到他是对的，因为，写了虚假的东西，睡觉都不会踏实。两年来，鲁老写了几十篇关于教育的新闻稿，上了大报小报，甚至全国性刊物。上学期，鲁老的大作《悠悠岁月写忠诚》终于付梓，算是给他的文字生涯作了一次总结。书里收录了鲁老写的近百篇新闻报道、通讯特写，展现了一个教育老兵的心路历程。鲁老低调，没有赠书于我，说，拿不出手，自得其乐而已。不过，他给学校图书馆送了 10 本，因为这里曾是他的母校。

孙子是鲁老的命。鲁老每天接送，风雨无阻，毫无怨言。有一次，鲁老开心地告诉我，他孙子的习作《摘梨》在晚报发表了。鲁老眯着眼睛，像个弥勒，一下年轻了 20 岁。

鲁老闲不住，一有空便坐在电脑前。时不时，他会收到稿费单。他说，不是在乎钱，图个快乐。前几天，鲁老有一篇文章被国家级教育刊物采用，第一时间，鲁老告诉了我。他非常兴奋，让人以为，他那宝贝孙子又考了 100 分……

花工老缪

　　校园里有 160 多位教书育人的园丁，侍弄花草的，只有一个，姓缪。"花工老缪"，大家都习惯这样称呼她，从她满脸的笑容看出，她对这个称呼还算满意。我不知道她的名字，因为，教工名册上是没有临时工名字的。

　　老缪的个子不高，一脸朴实，满身土气，是位普通得不能再普通的妇女。她的皮肤黝黑而粗糙，和田间劳作的农民别无二致，也难怪，成天和泥土打交道，风吹日晒，自然会保持着劳动人民"本色"。背地里，老缪的称呼很多：打杂的、养花的、除草的……最高雅的则是园艺师。这虽说好听，其实也是养花种草、护理树木。可能是职业习惯，老缪看校园里的一草一木的眼神，总是那么亲切专注，含情脉脉。

　　我们的学校位于市中心，说大不大，说小不小，四五十亩总还是有的。教书育人的地方，当然少不了绿草鲜花来陶冶性情，于是，老缪的工作就显得极其重要了。一大早，老缪便忙碌开了：浇水、施肥、修剪……她好像有做不完的事情：菊花花朵太小，要施肥了；天冷了，铁树要捆捆扎扎了……无论什么时候你走进来，校园里都漂漂亮亮，路旁、操场边打扮得花枝招展，红的、绿的、黄的、蓝的，姹紫嫣红，争妍斗艳，一朵朵鲜花像一张张盛开的笑脸，迎来送往着老师和学生。

校园里有多少种花草，没有人说得出，也没有人统计过，可老缪能说得出。上百种花草树木，她能娓娓道来，一气呵成，如数家珍。老缪熟谙每种花草的习性，就像老师熟谙班上的学生一样。有人说，老缪把花草树木看成了自己的学生。老缪"班"上人多，但再多的"学生"，她也面向全体。无论是春天的桃花、夏天的石榴，还是秋天的菊花、冬天的茶花，老缪总能说出一串故事或者养花经来。哪个"孩子"性格乖巧老实，哪个"孩子"脾气古怪，哪个"孩子"性格坚忍刚强，老缪心里有本账，明明白白，清清楚楚。比较而言，数杜鹃和茶花比较娇嫩了，这两个孩子，花费了老缪更多的时间。杜鹃，浇水很讲究，温度低时少浇，温度高时要随干随浇，绝对不能积水。茶花喜欢温暖湿润的气候，不耐严寒，喜高温，属半阴性植物，忌直射光曝晒，以肥沃、疏松的微酸性土壤为好。说老缪不偏心是假的，这些"学生"中，老缪还是有所侧重的：海桐和丁香。这一对宝贝疙瘩，"德高望重"，100多岁了，江苏省建设局挂牌树木，活古董啊，老缪自然倍加疼爱。每天，老缪都要来这转上一圈，看看这位，瞅瞅那位，一有风吹草动，老缪就紧张得要命，鼻子上不停沁出汗珠。上学期，海桐生了一场病，树叶变黄，簌簌地直往下掉，老缪伤心得就像自己的孩子生病一样，眼睛里含着泪花。还好，海桐生命力顽强，慢慢，又枝繁叶茂，充满生机。老缪的脸上也终于多云转晴，阳光明媚。

　　园丁是免不了和粪水打交道的，为此，老缪干脆"承包"了学校的几个厕所。老缪冲厕所很认真，穿上雨靴，套着围裙，大有不冲干净誓不罢休的精神。每当老缪推着粪车从校园走过，总有人捂着鼻子，表情夸张，心里肯定是直喊臭，老缪笑笑，心里也在笑："臭？呵呵，外行了不是？没有臭哪有花香！"有时，几个喜欢"拈花惹草"的教师，看到老缪培育的花儿繁盛，垂涎欲滴，向老缪开口："这盆吊兰，给我吧？""这朵菊花真漂亮，我要下了。"老缪总是笑笑，点头同意——人家开了金口，不能让人难堪，拿去吧，不就是多花点时间嘛。遇到谦虚的老师向她讨教养花诀窍，老缪也毫无保留，竹筒倒豆子一般告诉你，直到你听懂为止。

老缪是个临时工，收入不高，但是，工作性质并没有影响她的热情和干劲，照常起早贪黑。学校大门口，有一块鲜亮的牌子——"绿色学校"，是江苏省教育厅颁发的。不要说，里面有老缪的一份功劳。

　　隔行如隔山，隔行不隔理。老缪说："花性就是人性，养花和教人是一码事。"朴实话语给了我很多的启发，也许，让我这个做教师的能受用一生。

孙亮很忙

假如要我找一个词来形容同事孙亮，我会毫不犹豫脱口而出："忙碌。"不知道"忙碌"是否有硬指标，上厕所都要小跑，我想，应该够得上了。

孙亮负责学校的油印工作。每周一，他必须早早赶到学校，印好"周工作安排"，然后，一一分发给每位教师。教师的办公室有十几个，东一个西一个，等孙亮转了一圈回到油印室，已经有一叠资料躺在那等着他了。九年一贯制，50个班级，200名教师，这样的大学校，油印的资料不会少。孙亮只恨自己分身乏术。

孙亮以前负责学校的用水设施，什么地方水管坏了、漏水了，什么地方要安装个水龙头，他就会出现在什么地方。他的身边总不离一个包。这个包就是个杂货店，应有尽有：扳子，钳子，生胶，螺丝，水龙头……多着呢。

有一次，我家卫生间里的软管坏了，好像患了前列腺，滴沥不止。我只好披挂上阵。鼓捣了半天，玻璃胶涂抹得到处都是，软管还是我行我素，桀骜不驯。无奈，我打电话给孙亮，请他来帮我收拾烂摊子。孙亮很给力，第一时间赶到，"杂货店"也搬来了。一番调查研究，毅然决定：治本，必须换管子。递上新买的管子，三分钟，搞定。当时的我就像一个多年的前列腺患者一下子被治愈了，幸福无比。

听孙亮说过一件事。一个冬天，周末，有一位退休教师，和孙亮不算很密切，家里的太阳能热水器冻坏了，水流如注。惊慌中，一个电话，孙亮赶到。忙碌了个把小时，水止住了，孙亮的外衣也湿透了。昔日的同事感动得直搓手，不知说什么感谢的话才好。

用水设施的维修，尽管苦，但不很忙。文印工作恰恰相反。本来，学校有一位负责文印的职工，退休后位置成了"真空"。于是孙亮走马上任，受命于危难之间，一干就是10年。作为一名"工友"，孙亮很羡慕教师的"风光"：站在讲台前，面对活泼可爱的孩子们，侃侃而谈，指挥若定，潇洒自如。而他面对的，是两台文印一体机，冰冷冷的。为了保证印刷质量，孙亮要做好一体机的保养工作。平时，文印室的门窗是关着的，尤其是夏天，一旦风雨侵入，湿气大，纸张粘在一起，工作起来会有漏印现象，麻烦呢。每天，扫描的玻璃台面，要用干净的棉布擦拭干净，一尘不染。激光扫描的部分零件有洁癖，要用清洁的湿棉布小心擦拭。印刷的压力棍也要经常清洗——这东西很娇嫩，要小心翼翼，防止刮伤。

学校书法社团印了一大堆书法练习的书写纸，孙亮一捆一捆送货上门。看到办公桌上堆得跟小山似的练习纸，负责书法社团的美女教师非常感动。孙亮笑笑："你们小姑娘搬不动。体力活，还是我来。"话音里，充满了阳刚之气。

对于孙亮的"苦"，我很同情。孙亮说，我是"硬苦"，你们是"软苦"，软苦更苦。一脸不在乎的样子。没有想到，"硬苦"的孙亮也有职业病，颈椎疼痛。一有空，孙亮喜欢用一把小橡胶锤不停捶打，说这样好受些。人累了，难免有怨气，孙亮也一样。有了怨气，他喜欢找我倾诉，我们关系不错。等他撒完怨气，我就跟他开玩笑，说，谁叫你姓孙的？《西游记》里你那个本家才委屈呢，又是降妖除魔，又是探路化缘，没有半刻消闲，还要遭遇师傅的错怪、念紧箍咒。孙亮哈哈大笑，怨气跑得无影无踪，工作劲头又上来了。

　　每回考试前夕，教师忙，孙亮更忙。试卷、练习，一茬接一茬，如泰山压顶。孙亮怠慢不得，老师们等米下锅呢。忙归忙，不能忙中出错。心里面，孙师傅把工作的轻重缓急分得清清楚楚，按部就班，统筹兼顾，谁也不耽误。实在来不及，周末就来加班。领导和老师的夸赞，是他唯一的加班费。

　　忽然，想起周杰伦，他的《牛仔很忙》好像是为孙亮唱的。也许，孙亮师傅就是我们学校的牛仔，一名忙碌的牛仔。

同事吉梅芳

　　印象里的吉梅芳安静，不显山不露水。遇见同事，她喜欢用微笑的方式来打招呼。跟海陵学校的很多老师一样，吉老师喜欢默默地做好分内的事情，一门心思经营着属于自己的二亩三分地。

　　如果把教师比喻成耕耘者的话，那么，吉梅芳老师就是一位深谙耕作之道农人，日出而作，日落而息。她的二亩三分地就是她的班级。46名孩子，就是她地里的46株生长的庄稼。她必须精耕细作，悉心呵护。尽管，这些庄稼有高有矮，有粗有细。

　　叶圣陶说过："教育就是培养习惯，衡量教育是不是成功就是看有没有形成良好的习惯。"低年级的孩子，眼睛里是没有"习惯"的。好在，他们的可塑性很大，一张白纸，任由老师帮助他们作笔，画出最美最好的图画。每回，接管一个新班级，吉老师给自己定下一个起码的任务就是培养孩子的好习惯。比如作业按时上交，眼保健操认真地做。习惯，是规矩养成的，这些规矩，吉老师不定，她撒手让孩子们自己定。至多，她旁敲侧击，问上几个怎么办？孩子们讨论一阵争论一阵，规矩就诞生了。孩子们自己定下的规矩，自然就倍加爱护，不轻易破坏。

走进吉老师的班级，一切井然有序。大早，孩子把自己的作业恭恭敬敬递给值日生检查，已经到班的学生在另外一名值日生的引导下，诵读着古诗词。孩子们摇头晃脑，训练有素。看他们陶醉其中的神情，你会感受到古典文学的魅力。如果你喊上一名学生，问他们会不会背，他会当场背给你听。甚至，还能有板有眼地说上几句自己的理解。

　　安静是吉老师的外表。她的内心其实藏着一颗"永远炽热的心"。教师的工作琐碎细微，婆婆妈妈，靠五分钟热度肯定不行，只有安静下来，才能有宽容、包容。刚开始工作的时候，吉梅芳和许多年轻的教师一样，凭的是一腔热情，这固然是好的，但一遇见挫折，便会容易心灰意冷，心如止水。十个指头有长短，学生的素质有高有低，见多了，也就安静了，包容了。吉老师安静的背后，实际上是成熟和稳重，是一种以退为进的教育智慧。

　　小天是个不喜欢做作业的孩子，一到做作业时嘴里就嘟哝："干吗要做作业？我不想做。"小天的妈妈着急，却束手无策。吉老师拿过他的作业本，细声细语："是不是不会做？"小天点了点头，又嘟哝起来："干吗要做作业？"

　　"是这道题不会吗？"吉老师故意答非所问。

　　"嗯！"小天应声。

　　"简单，你把这句话再读一遍，保准你找到答案。"吉老师指着习题，微笑着说道。

　　"……"

　　"明白诗句中哪些是写看到的景吗？"

　　"知道了！"

　　"你真这么快就找到了？我不信，你愿意说给我听听吗？"吉老师的语气有些夸张。

　　"月落、霜满天、江枫、渔火。"小天自信地脱口而出。

"真棒！"吉老师毫不犹豫地夸赞。结局是个喜剧。小天的作业从此没有拖拉过。

懒是孩子的天性，喜欢表扬是孩子的天性，自卑同样也是孩子的天性。在讲《做一片美的叶子》之前，吉老师布置给孩子们一个作业，让他们到校园里找两片相同的叶子。孩子们恨不得把校园里的每一片叶子都看个遍，也没有找到完全相同的叶子。课堂上，吉老师告诉孩子，每一片叶子都是独一无二的，正如我们每一个生命个体，我们要珍爱自己，相信自己，做一个完美的自己。孩子们恍然大悟。

吉老师班级的门是敞开的，随便进，随便听。《石榴》一课，小学部两位校长悄悄坐在了教室后面。见多了这样情形的孩子们照样从容不迫，该说的说，该读的读，积极性鼓胀得像成熟的石榴子，眼睛闪得像星星一般。课上了一半，吉老师魔术般地拿出了一颗大石榴，问孩子们喜欢不喜欢吃。呼啦一下，孩子们高高地举起了小手，就像一片小树林。这时，吉老师却卖起了关子，等待孩子们把她设计的问题一个个干掉，问题解决了，孩子们也尝到了石榴果的味道，下课的铃声也差不多响了。

在吉老师的二亩三分地里，她撒下过好几粒种子，最为得意的一粒叫"阅读"。经常，她布置的家庭作业就是读书。读课外书。读经典名篇。孩子们感觉捡了便宜，人来疯似的读。四大名著、《小王子》《海底两万里》……太多了。孩子们细数自己读过的书，就像细数他们拥有的宝贝。吉老师知道，儿童一旦养成读书习惯，会有瘾，会有意无意地找书看。这话看来是真的，难怪，她班上的学生拿到一本好书的神情，像见到了一位久违的朋友，眼睛眯成了一条缝。

周末的孩子，心是野的。心一野，容易走失，找不到方向。吉老师有办法，她用一本本图书拴住了孩子那一颗颗躁动的心。她和几个志同道合的老师组织了公益活动，办了一个读书吧，利用周六周日下午的时间义务指导孩子读书。十几个孩子，着了魔似的爱上了读书。周末，不见不散。

每一位教师都会在自己的心里种下一棵树。我猜，吉梅芳老师种下的应该是一棵石榴树，夏天开花，秋天结果。46 名学生，就是这棵树上结出的 46 颗石榴果，金灿灿的石榴果。

爱闹腾的周敏

　　当校园的围墙挡不住浮躁和功利侵扰的时候，在分数面前，教师便成了小媳妇，低眉顺眼。常常看到，许多年纪轻轻、走上讲台没几年的教师，成天琢磨的便是"考点""得分点"，教室里暮气弥漫，让人打不起精神。

　　不过，我的同事周敏是个例外。一走进课堂，周敏就会"莫名的兴奋"，活蹦乱跳，像一个玫瑰精灵，从安徒生的童话里走出来的。熟悉周敏老师的人都说，听她的课，如同欣赏歌手张玮的演唱。张玮唱high歌，周敏上high课。周老师闹腾开来，满教室的少男少女都会情不自禁地跟着她，一起疯，一起玩，一起学习。

　　"学习本应该就是快乐的，要让学生学得快乐。学生学得快乐比学得优秀更重要。"刚拿上教鞭，周敏老师就抱定了这样一个教育理想。中国的初中生太苦了，"早上七八点钟的太阳"，却一个个少年老成，整日里皱着眉头，绞尽脑汁地在和分数较量，透支的却是宝贵的睡眠。周敏想为学生也为自己打造一个快乐课堂：轻松，好玩，闹腾，还能学到东西。天下竟有这等好事——孩子们当然是喜出望外。以至，上周敏老师的课，成了他们一天里最值得期待的事情。常常，她的课都结束了好一会儿，孩子们脸上的笑容还不愿意褪去。

就像拥有了魔法的小女巫，三下两下，周敏就把课堂弄得风流水转，孩子们的情绪完全被调动起来。英语课本单元的导入部分（Comic strip），两只狗的对话，周老师专门让孩子们来表演，两人一组。课堂当成了舞台，学习成了演出。演员当然是学生，周老师成了周导演。孩子们的表演尽管还有些稚嫩，放不开，但本色，不造作。而且，他们的想象力丰富，新点子好像雨后森林里的蘑菇，层出不穷，五颜六色。一旁的"周导演"不时地喊着："Wonderful！""Wonderful！"讲台下的学生也跟着喊。一下子，教室里温馨起来，孩子们的表演也变得松弛自如，羞涩没有了，胆怯也无影无踪……

说实话，要让一位教师在分数面前超然脱俗，真的很难。周敏自然清楚，课堂的教学风格无论多新，学生的分数上不去，一切枉然。创新是要冒风险的，弄不好，会引来满天星星般的冷眼，飞来的唾液会把你淹没。海陵学校的第一届学生，素质参差不齐。十多个外来务工人员的孩子，朴实勤奋，但他们的英语基础实在不好恭维，甚至有些破烂。第一次默写26个字母，不少孩子写得七倒八歪。字母像喝酒后的醉汉，歪斜着脑袋对着周敏狞笑。有些孩子根本没有学过音标，单词读不出，只能靠死记。就像背着石头看戏，吃力是肯定的了。

周敏自然有自己的办法。初一的每堂课，她都要花十来分钟补音标。她说，这是治本。治本，也要治标。"abroad"中文意思是"到国外"，学生常常误写成"aboard"（在船／车上），"r"的位置变了，意思却大相径庭。周老师有她的办法，她请学生摆出个要出国后造型，她也摆了一个：开心笑着，竖起手指，打出"耶"的造型，正好形似"r"——"abroad"的"r"在前。一闹腾，孩子们都记住了。那一届，周敏班上有二十几个孩子考了140分以上。周敏开心，朱存扣校长更开心：课堂教学，本来就应该多元化。

会唱歌的槐树

194

教学是个脑力活，也是体力活。学生学得越是轻松，老师的"消耗"会越大。泰州市基础教育处戴荣处长曾带了几位专家，特地到海陵学校，"点"了周敏的课。课堂上的周敏风光无限，课下的她却累得气喘吁吁。不奇怪，每次提问，她都要走到孩子的面前，半蹲下身子。提问几十次，蹲了几十次，不停地"Have a try"？对周敏的课，泰州教研室丁君老师大加赞赏，直呼"不容易"，"功在平时"。丁老师认为周敏的提问自然到位，课堂语言交际性很强，让孩子在自然而然中，为我所用。而用"竞争"方法激发孩子们学习英语的兴趣，符合孩子的"天性"，值得推广、辐射。戴荣处长分析了这课堂蕴含的"幸福元素"，认为这节课充分体现了一名教师的爱心和热情。"每一位老师都有自己的教学法"，教学不可复制，但道理相通——教师要给孩子小小的鼓励，多些赞美的词语。

去年暑假后，周敏中途任教九（5）班。马天行，班上的总分第一名，这个名字和她的性格有些反差的女孩，英语却是她的软肋，从来也没有考过 140 分。在英语学习的路上，马天行就像是迷路的小红帽。周敏开始找她谈话，像一个大姐姐关心小妹妹，语重心长，谈学习方法，谈复习要点……在马天行每一份试卷的失误处，周敏都在书上找到了"答案"。马天行的英语症结终于找到——阅读不够。在马天行奋力追赶的日子里，周敏老师不失时机地对她竖起大拇指，竖着竖着，把马天行的信心竖了上来。羞涩的马天行，胆子变大了，声音大了，兴趣也来了。现在，无论多难的试卷，她都能考 140 分以上。

"A clever monkey（机灵的猴子）！"周敏老师属猴，教研组同事常常这样称呼她。记得，以前的高中英语课本里有篇课文《猴子和鳄鱼》，小猴子凭着自己的灵活机智，战胜了贪婪而愚蠢的鳄鱼。而课堂上的周敏，同样灵活、机智，古灵精怪，"鬼点子"不少，就像那只聪明的猴子。不少同事说，听周老师的课，会感觉到了花果山：一只大猴子带领一群细猴子，在丛林深处，腾挪跳跃，欢快地寻找着食物。

假日，周敏老师的弟子——几个省泰州中学的学生，回母校看望昔日的英语教师。在和他们聊天结束的时候，我问他们，初中三年，最难忘的是周老师哪一点。孩子们异口同声告诉我，是周老师的口头禅。

　　周老师的口头禅是"Wonderful"。工作九年，她喊了九年。甜润清脆的嗓子，发出来的声音，自然是暖暖的，就像初春的阳光，和煦、灿烂，融化在每个孩子的心头。

海桐之殇

    没有想到，学校花圃中央的那棵百年海桐枯萎了。在四周围植物红花绿叶的映衬之下，这棵海桐显得有些扎眼，大煞风景。把手搭在它虬曲的枝干上，轻轻摇晃，枯黄的叶子会簌簌地往下掉，像纷纷飘飞的泪水。

    这棵可以称得上学校标志性的植物弥足珍贵，浑身上下洋溢着高贵的气质。它是有身份的，身份证便是树下的铜牌。省建设厅颁发。铜牌上赫然写着：古树名木之百年海桐。在我生活的这座城市，这样树龄的海桐应该不多。铜牌镶嵌在一块赭红色的石头表层，石头立在海桐树下，霸气十足，忠心耿耿地守护着它的主人。海桐是四季常青的植物，就像这棵，一直树影婆娑，绿云扰扰。我查了一下资料，海桐对气温不太讲究，对土壤也不挑剔，是一种生命力极其顽强的植物。没想到，这棵海桐说枯萎就枯萎了。

    实际上，这棵海桐的病态早在两三年前就初露端倪了。当时，学校请了相关专家前来会诊。专家们转悠在花圃中间的水泥方块路上，围着海桐一番望闻问切，结论很快得出：方块路下面水泥砂浆的挤压，海桐的"生存空间"变小，导致营养不良。不奇怪，海桐是有生命的，有生命就要呼吸，就要饮水，就要吸收营养。之前，为了生存，海桐树的根到处乱伸乱闯，牛劲十足，以至拱翻路基，把水泥砖块挤得歪七扭八，让负责学校基建的领导很没面子。没办法，重新修路时不得不把根基挖得深一点、再深一点，用水泥砂浆铁桶一般拦住海桐，好让它规规矩矩、老老实实。于是，海桐树变成了一个找不着奶头的婴儿——不会啼哭罢了。本来墨绿墨绿的海桐树叶，渐渐没有了水分，无精打采地耷拉下来，一碰便坠落，直至化作春泥。学校采取补救的措施是迅速的：松土，施肥。甚至，输营养液，就像人生病之后挂水那样。但这是保守疗法、权宜之计，治标不治本。终于，海桐病入膏肓，现在，谁也无力回天了。

我对这棵海桐是有深厚感情的。阳光灿烂的日子，教完书，我常常站在树下发呆，遐思迩想，心游万仞。海桐的树冠像一把大伞，为我撑起了一片阴凉。偶尔，我会摘一片树叶摩挲着，仔细观察着树叶正面反面的不同，时不时地还放到鼻翼下嗅嗅。文学社活动时，我常把孩子们带到花圃里，观察植物。自然，海桐是这里的主角。海桐的花很漂亮，小小的，黄黄的，一团团，一簇簇，星星一般，在树叶间忽隐忽现，散发出浓烈的香味。驻足其间，久之，神清气爽，心情舒畅。这样的海桐学校里一共有三棵，只是，那两棵也许树龄稍短，枝干瘦小，长得也没有这棵蓬勃、茂盛。在学校绿化重新布局的时候，这棵海桐，在选"美"大赛中脱颖而出，移到花圃的中心位置，并且底座修成了盆景形状。

负责学校宣传工作的严主任对海桐也情有独钟，和我谈起这棵树，常常眼中含泪，颇有恋恋不舍之情。我理解严主任，她曾让人拍过很多海桐健康时的照片，很是漂亮妖娆。这棵曾经枝繁叶茂蓬蓬勃勃的海桐可是学校蒸蒸日上欣欣向荣的象征啊。望着日益衰败枯竭的海桐，严主任长叹了一口气，对我又好像对她自己说道，好在还有两棵，实在不行，移一棵来这儿吧。

上个月，学校请了一位在市里小有名气的摄影师，给海桐拍了照，留作纪念。这最后的影像，算是给这棵功劳卓著的海桐一个交代。照片登在了校报上，非常醒目。我仔细看了：仰视的取景角度，空旷而深沉的背景……悲壮，苍凉，孤独。

人非草木，岂能无情。其实，草木还是有感情的。就像太阳花永远钟情于太阳，含羞草永远腼腆含蓄一样，海桐树也应该会有自己表达情感的方式，也许，那飘零的黄叶，便是它递来的一张张无声的诉状。我不知道，谁来承担虐杀海桐的罪名？是围追堵截步步紧逼的水泥路面，还是那些修路铺道的泥瓦工？但，至少有一点我很清楚，有时候，我们虐杀生命是无意识、不知不觉的，甚至，我们的初衷是"爱"、是让它"守规矩"。

也许，若干天以后，这棵失去芬芳的海桐会被当作柴火移走，取而代之的是另两棵当中的一棵。我不关心两棵海桐中究竟哪一棵能够"转正""提拔"，我只是想提醒大家，要尊重那棵新移来的海桐，就像尊重每一个生命一样，给它一个宽松的生存环境和自由生长的土壤，不要让这类悲剧再次发生。

母校的那些老师们

　　一个人一辈子能遇到一位好老师就不会有遗憾，遇到几个好老师，那就需要运气。和许多母校的学生一样，我拥有足够的运气，在 20 世纪 80 年代遇到过许多好老师。

　　朱性传，一个慈祥的老人，宽厚的长者，面目清瘦，腰板挺直，走路时，身子微微前倾。传闻，朱老师年轻时做过国民党的军官，负责文书工作。从他身上的军人气质以及满肚子里的墨水来看，传闻并非子虚乌有。他教过我语文和历史——那个时代的老师真的是神了，个个一专多能。朱老师上课总是不慌不忙，缓慢的语速，悠长的音调，工整的板书，一切都显得训练有素。记得，一次我发言时，小姑娘见了生人一般的羞涩，声音小得像蚊虫哼叫。朱老师笑笑，说，大点声，再大声点，以后做了教师可怎么办？没有想到，老师的这句玩笑成了事实，我真的成了老师，确实也为自己上课声音小苦恼过。朱老师的宿舍在操场的北面，非常简陋，木门裂开了好几条缝隙。我们有不理解的内容，总是写在小纸条上，署上大名，从门缝里塞进去。第二天大早，朱老师就会把写好的答案送到你面前：备课纸，工工整整。一次作文课，朱老师读过我的作文，让我兴奋了好几天。

对于当时的我来说，这样的殊荣，不亚于在报刊发表作品。现在想来，当初我报考文学专业，也许是那次受到表扬的原因。在我临近高中毕业的时候，朱老师教我们语文。到底上了年纪，朱老师咳嗽得很厉害，腰也有些伛偻。那时，教师奇缺，朱老师一直硬撑，没有缺一节课。遗憾的是，考上大学以后，我再也没有见到尊敬的朱老师。

林亨老师，胖乎乎的，满脸胡子荐儿，一口浓重的南京口音。教过我的历史和地理。他喜欢笑，无论上课下课，笑容可掬，弥陀佛一般。林老师身上没有师道尊严，用句时兴的话说就是不喜欢"装"，亲和力十足，同学们很喜欢他。他的课听起来轻松，你绝对不会打瞌睡。"故事"是他的杀手铜，讲得有声有色，加上一些形体动作，引人入胜是自然的了。一次给我们讲世界地理，林老师摸着他浑圆的肚皮上的腰带，有些自嘲地说，大家看清楚，这就是赤道。引来哄堂大笑。班上有位住宿的同学朱红网，生病了，重感冒，卧床不起。下课，林老师亲自下厨，煮了一碗面条，端到床头，热气腾腾，香气扑面。朱同学感动得热泪盈眶。这种"待遇"，让我们羡慕不已。幼稚的我，当时居然生出这样一个念头：也生一回病。一到放假，我们总喜欢到林老师家玩，扯淡，聊天，无拘无束。我大学毕业后，林老师调至南京工作，现在早已退休。

顾明新老师，做过我的班主任。教过我几年的语文。对学生，特别是勤奋学习的学生，顾老师绝对不吝惜夸赞的语言。他常常把慵懒的我们鼓励得信心十足，斗志倍增。有段时间，我迷恋上绘画，有点疯狂。一次期中考试，作文题目《我家的收音机》，我居然心血来潮，给自己的作文配了一幅插图。评讲试卷时，顾老师没有斥责，而是带点开玩笑地说，画得很好，花了功夫，然后告诫我，记住：考场上的时间不会永远这么充足的。那次，我的作文分数依旧很高。现在想来，那个时代老师似乎对学生特别鼓励、宽容，真是难能可贵。若干年后，我成了母校的一名教师，顾老师则成了我的同事、领导。虽然他是学校的副校长、校长，但对我们，没有架子，有的只是关心爱护、语重心长。记忆中，我给他添过不少"麻烦"：毕竟刚刚工作，懵懵懂懂，常常有学生上课和我叫板，我经验不足，冲突常常发生。顾老师充当"调解员"的角色，多次平息学生的"暴动"。顾老师主政母校的时候，母校很是辉煌，考上大学的人数在兴化地区名列前茅。尽管行政和教学工作很忙，顾老师总喜欢忙里偷闲打打篮球。他是母校教工球队的"姚明"，球场上绝对的领军人物，他的篮下强攻，还有三分远投都是制胜法宝。我们之间曾一度配合很默契，一个眼神，一个手势，都能心领神会。

其实，母校的好老师还有很多：怪题偏题都难不倒的数学老师全爱东，古文功底深厚、上课充满激情、嗓音始终高亢的语文老师张汝霖……

随着兴化教育布局的调整，母校早已香消玉殒。老师们也随着学校的萎缩，各奔东西。漫步在校园里，我感慨万千。母校留给我们这些学子的除了丰富的知识、同学的友情外，更多的是对恩师们挥之不去的记忆。

光阴的故事

　　小学五年级，我们搬到了那间青砖小瓦的教室。开学的第二天，班上来了位女老师，一下子把我们吸引住了。

　　女老师高个，清秀，穿着白色的衬衫、红色的背带裙。班长喊起立后，我们踮起脚跟，齐刷刷看着老师，心里面扑通扑通地乱跳。女老师微笑着，自我介绍道：姓杨，新来的，教唱歌。

　　杨老师径直坐到我们早已抬来的风琴旁边，试了试音，边弹边唱了起来："赤脚医生向阳花，贫下中农人人夸，一根银针治百病，一颗红心哪，一颗红心，暖千家，暖千家……"杨老师的嗓音真好听，脆脆的，甜甜的。轻松自如。接着，教唱《中国少年先锋队队歌》。杨老师唱一句，我们跟一句。大家憋足了劲，喉咙都沙哑了。一束阳光透过西边的窗户照进教室，落在杨老师的身上。真美。

　　下课，杨老师问哪些人愿意帮着抬风琴，我们把手举得高高。可能我的个子太小，杨老师没有喊我。我有些沮丧。等杨老师进了办公室，同学纷纷互相打听杨老师的情况：代课，从城里来，高中毕业，19岁，家庭成分不算太好……大家知道的只有这些。

第二节音乐课，我稀里糊涂撞上了狗屎运：几十个人的班级，只有我一个人胸前飘荡着红领巾。杨老师看看我，又看看周围的同学，情绪有些激动："为什么只有他戴红领巾？你们的呢？红领巾可是无数先烈用鲜血染红的啊！"

杨老师从口袋里摸出了一颗糖果，举起来说道，我今天要奖励他！说完，把一块糖果放到了我的手上。我的脸唰地通红。杨老师笑了。同学们也笑了。放学，找了一个没人的地方，我拆开糖果，舔一下，包起来。又拆开，包起来。终于忍不住，我扔进了嘴里。我相信，那是我迄今为止吃到的最甜的糖果。

晚上，失眠。躺在床上，我脑袋瓜里出现的全是杨老师：弹琴的杨老师，唱歌的杨老师，还有微笑的杨老师。甚至，我冒出一个非常幼稚的念头，将来找媳妇，一定要找杨老师那样的。带着这样的念头，我渐渐进入梦乡。

镇上的礼堂是不缺热闹的。国庆，演出的海报早就贴出。杨老师是镇文艺宣传队的大梁，要主持，还要表演节目：扮演小常宝，唱《听那边练兵场杀声响亮》。演出晚上，我悄悄混到台上在舞台东面的一角，用布帘遮挡住的小地方，是演员用来更衣的。我走过去，揭开布帘，看到了正在换衣服的杨老师，杨老师穿着"背心"，胸部被紧紧勒住，明显地鼓了出来。我看呆了，杨老师也似乎发现了什么，回过头来，发现是我，笑笑。我有些尴尬，也冲着杨老师傻笑。突然，一个人揪住了我的耳朵，疼得我们直喊。我定睛一看，是李老师，李国庆，我们隔壁班的班主任。摸着有些疼痛的耳朵，我狼狈而逃。

学期快结束了。我突然有了想去看杨老师的念头。我问同桌二冬瓜，敢不敢去到杨老师的宿舍看看。当然敢。二冬瓜回答得干脆。我们来到学校。杨老师宿舍乌黑一片。不远处的李老师宿舍门关着，灯光从糊着报纸窗户跑了出来。我们屏住呼吸，蹑手蹑脚来到了李老师的门口。我凑到门

槐树 会唱歌的

204

上，透过极小的门缝看过去，天啦，李老师正拉着杨老师的手。我让二冬瓜再看，二冬瓜说，没错，拉着手。李老师耍流氓？杨老师被人欺负了？怎么办？怎么办？

我们蹲在地上，摸了很多碎砖和瓦块，找了个隐蔽的地方，集中火力朝李老师的门狠狠地砸去，咚咚，咚咚。我们知道，声音越响越能救出杨老师。咣当，窗户玻璃碎了……教师宿舍骚动起来。

第二天，音乐课，班主任宣布了一个消息：音乐课改为班会。杨老师调走了。学校来了一位二十四五岁的女人，赖在李老师的宿舍，不走。消息灵通的学生告诉我，那是李国庆的未婚妻，订了亲的。杨老师不是调走，是犯了错误被开除的，因为作风不好。李老师也挨了处分。后来，很长时间，我们才有了新的音乐老师。

十几年以后，我自己也成了母校的一名老师。站在讲台前，威风凛凛。以前的老师变成了同事。我们一起聊天，一起喝酒。甚至，彼此开些玩笑，没大没小。看着讲台下一张张稚嫩的脸，我常常想起我小时候坐在那间青砖小瓦的教室里听课的前景。教书，对我来说，是个职业，也是一种怀旧和感恩的方式。我喜欢和孩子们聊天，喜欢听他们甜甜地喊我一声"老师好"，像我当初我们喊杨老师一样。

如果，不是去小城参加高中同学聚会，我这辈子肯定不会遇见杨老师。那天，小城的西门菜场，一位身材稍胖、头发花白的女人，在蔬菜摊前挑挑拣拣、讨价还价。杨老师？我低低地喊了一声，只有我自己听见。我不敢相信自己的眼睛。我再次打量，脸形、身高、嗓音，不错，是杨老师。只是，皱纹多了，动作笨拙了。我没有勇气和杨老师聊上几句，跳上出租车离开了。要知道，杨老师无论如何是想不到眼前头发掉落殆尽的男人是她的学生的。而且，也是一位老师。

晚上，我终于在一位小学同学那里证明了我判断的正确。离开了教师队伍，杨老师顶替母亲进了城里一家大集体企业，后来，企业不景气，退休前几年下岗。她嫁给了当时的车间主任，她的顶头上司。这是个爱喝酒的男人，喝了酒喜欢撒酒疯。他们俩有个智障的儿子。第二天，在小城的西门菜场，我转悠了半天，希望能遇见杨老师，未能如愿。

多少年来，我经常做着一个相同的梦。梦见美丽的杨老师依旧在那间青砖小瓦的教室里，弹着风琴，教我们唱歌。想起了罗大佑的《光阴的故事》，"流水它走光阴的故事，改变了一个人……"其实，改变的只是容颜，不变的，是一颗真诚的心。杨老师自然不会想到，她不经意间的笑容，学生会珍藏在记忆深处，咀嚼一辈子。

长在城里的苦楝树

　　父亲厚道。和所有的乡下人一样，他把屋前屋后的空地，全都留给了树。于是，榆树、桑树、槐树、杨树、苦楝树这些属于乡村的树种来了。一开始，它们羞答，但很快便毫不客气，借着风调雨顺，撒野似的生长起来，蓬蓬勃勃，枝繁叶茂。

　　父亲偏爱苦楝树。他是木匠，衡量树的好坏标准只能是材质和用途。苦楝树长得快，不起眼的小苗，几年的工夫，能蹿起老高。苦楝树的材质软硬适中，容易加工，不易变形还耐腐蚀。在常人的眼里，苦楝树就是一棵树，灰不溜秋，土头土脑，在父亲的眼里却是一张张漂亮的凳子和桌椅。难怪，父亲看到苦楝树的表情并不苦，而是甜，甜蜜蜜的。

　　苦楝树有两三棵，长在我家西边的河岸上。没有人栽种。树的种子不知道是灰喜鹊白头翁衔来的，还是它们吃了果子以后屙出来的。我亲眼看见，叶子落光了的苦楝树，光秃的枝丫间，一串串有些皱瘪的果子，在北风里晃荡。几只白头翁，活蹦乱跳，大快朵颐。那欢快的劲头让我感到，它们饿坏了。

　　父亲也是一只勤于觅食的白头翁。退休后，他在外面漂泊过一段时间，蹬着半旧的自行车，带上斧头和锯子，还有一条薄薄的棉被。每次出门，父亲总要叮嘱母亲，看住河边那棵长得笔直、碗口粗的苦楝树。父亲有过教训，我家屋后的一棵榆树，在父亲出门时被人偷偷砍去。家里人发现时，树干已经成了邻居新房的大梁。事后，邻居不停地招呼，还送来了 10 块钱。母亲絮叨了好一阵，父亲一声不吭，闷葫芦一个。有了前车之鉴，每次回家，父亲会在屋子西边巡视一番，看到那棵苦楝树安然无恙地站在那儿，才放下心来，再一次离家远去。

老了，做不动了，父亲才死心塌地回到家里。父亲回来的时候，我正好背起行囊准备到城里工作。出发的时候，我去看父亲。父亲站在树荫下，黝黑的皮肤，深深的皱纹，就像一棵苦楝树。望着我，父亲说："好好干，买个房子，扎住根！"父亲喜欢用"扎根"这个词。扎住根就是有出息。当然，还得有套房子。

我终于买了套房子。不大，二手货。但好歹也算在城里扎下了根。搬家的那天，父亲起得特别早，帮着我拆床，大包小包地收拾，还跟着搬家的卡车来到了城里。父亲指挥着亲戚用绳子把大件家具从窗户外吊进家里，又安好了两张床，便坐着搬家的车子回去了。嘴里不停喃喃自语：二小伙买了房了，算城里人了。

城里人讲究。公园里、马路上，到处是比较金贵的香樟、银杏、桂树等。在这里，你是看不到一棵苦楝树的。我知道，苦楝树出身卑微，只能属于乡下；还有，苦楝树的枝丫歪歪扭扭，无组织无纪律，会影响市容市貌。在我上班的路上，有一块围起来已经好几年的空地，围墙的上空，一簇淡紫色小花，时隐时现。我停下来，走进空地，果然是一棵苦楝树，和小孩的手臂一样粗。我像见到家乡人一样地兴奋。只是，这棵苦楝树有些丑陋，上半身扭曲得厉害。苦楝树有些孤独，周围空荡，但它依旧开着灿烂的花儿，在初夏的阳光下展示着自己的美丽。

去年，我换了套大房子，女儿也找到了工作。可以说，在城里，我的根扎得越来越深了。只是，父亲已经羽化而去，再不能来城里了，这多少让我感到悲伤。在城里的马路边上，我不知有多少回，东张西望，幻想自己能在偶然间发现一棵苦楝树，那属于父亲的苦楝树。12 年过去，我终于发现，其实，我就是父亲的苦楝树，一棵长在城里的苦楝树。

一个人的中年

　　12 年前，我在小镇教书，妻子在离我学校几步远的医院上班，我们的小日子过得平平稳稳。就在我以为我将在小镇终老此生的时候，学校的生源开始减少，老师们接二连三地跳槽。我脑门一热，也跳到了现在工作的这座城市。

　　刚进城，并不顺风顺水。我任教于一所职业中学，"管理"是头等大事，很耗时间。我早出晚归。班级的"刺头"不少，我展现威猛的方式是拍桌子，一拍，还真镇住了他们。中考之后，招生任务泰山压顶，我们带上笑容和精美的宣传单上路，到偏远的学校去。乡间的小路上并不好走，有时，只能坐机动的三轮车，突突突突，车屁股腾起老高的烟雾。

　　不过，比起孤独，这些辛苦还真算不了什么。妻子的文凭低，调动几乎成了天方夜谭，我只能认命，名副其实成了叶兆言所说的"有老婆的单身汉"。忙碌了一天，回到自己的小房子，凌乱的碗筷，冰冷的锅灶，窗外的冷月……寂寞不约而至。无聊时，我会走出家门，沿着小区外的马路暴走，累了，慢慢回头。这个时候，路灯亮了，一片昏黄。我在马路边的摊头坐下，掏出 5 元大钞，摊主心领神会，端上一碗热气腾腾的面条。

女儿到了城里上学，我便开始了做爹又做妈的生涯。买菜、烧饭、到女儿的学校开家长会。家务活对于我来说就是应付，跟偷懒的孩子完成老师布置的作业一样。一天下来，我像散了架，只想躺到床上。可真正躺在床上，却又睡不着，失眠。早上，镜子里，乌黑的眼圈。妻子呢，更苦，她要不停地往返于城市和小镇之间，一手抓工作，一手抓家庭，没有闲的时候。

我是个有了委屈就喜欢吐露的人，不适合独居。我楼上的女主人，胖胖乎乎，做服装生意，遇见我，总是笑嘻嘻的。夏天，暴雨，胖女人家里窗户洞开，雨水打进她的窗户，渗漏到我的家里，木质的天花板潮了，不停地往下滴水。我急匆匆赶到胖女人的服装店说明情况，胖女人不动声色，缓缓抬起头来，说她的窗户关着开着与我无关，至于漏水，那是房子质量问题。我肺都气炸了，但好男不和女斗。溜回来，我在电话里跟妻子诉了半天苦。后来得知，胖女人是怕我找她赔偿，才采取这种以进为退的方法的。后来，这种情况又发生了两次，天花板上已经出现许多霉点。我无奈学起了孟母，卖房走人，逃得远远的。

长假，我是一定要回老家去的。每次回去，看到一张张陌生面孔，我总有些恐慌，总以为来到了另外一个的地方。我最害怕的是冬天回老家，总担心一些不太好的消息传来。寒风无情，收拾了很多人，特别是上了岁数的：我的父亲、妻子的祖母……还有几乎我家巷子里的所有老人。尽管如此，冬天还是没有消停的迹象，总是不请自来。我的母亲饱受过其折磨，怕冷畏寒，浑身疼痛。

让我沮丧的是，我的身体每况愈下，除了失眠、忧郁、健忘、急躁，轮番找上门来。我曾经满头的乌发，已经凋零殆尽，剩下的几根也是白多黑少。我信誓旦旦，决心通过跑步的方式挽救身体，但想法虽好，身子却不争气，懒得动，跑上几次便心灰意冷，只能破罐子破摔。冬天，我会比同龄人早几天穿上厚厚的衣服，甚至，我发现，穿上厚衣服的我还是怕冷，手脚冰凉。

中年辛劳。微信圈里传得很火的《狗日的中年》说得很形象：中年是个卖笑的年龄，既要讨得老人的欢心，也要做好儿女的榜样，还要时刻关注老婆的脸色，不停迎合上司的心思。辛劳我倒不怕，寂寞却让我忧郁。我的一位朋友安慰我说：现在交通便利，分居不是个事，心灵上的分居才最可怕。朋友说起了他的一位同事，这个同事忠厚老实，是居家过日子的好手，妻子却爱打麻将，爱得死去活来，有事没事总要去摸几把，几乎每天都要到深更半夜才回家。为此，夫妻两个常常斗嘴，貌合神离。临别，朋友说了几句高大上的话：距离产生美，再说，寂寞也不是坏事，可以利用来做些事情，比如读书，比如旅行。我这才发现，无意中，我荒废了太多时光。

12年，在我们个体的生命里，应该是个不短的数字，肯定不能被忽略掉。记得刚到城里时，女儿才上小学六年级，小不点一个，瘦得跟芦柴棒一样，现在已经是个大姑娘，大学毕业后，当了教师。前段时间，女儿问我找些车票，说她的一名同事要用，随便是哪到哪的。我说"简单"，随手翻了翻自己的电脑包，竟一下摸出二十几张来，不薄的一叠，全是往返于我们这座城市和小镇的。要知道，我这个马大哈是很少保留车票的，用完便丢。12年，我也就记不清我和妻子有过多少个往返，丢了多少张车票。其实，我们丢弃的，又何止是车票呢。

五十知天命。现在，多多少少我也看开了一些尘世的东西。"中年的妙趣，在于相当地认识人生，认识自己，从而做自己所能做的事，享受自己所能享受的生活。"梁实秋先生优雅洒脱、旷达随缘的境界，我永远到不了，但，我对自己12年前的选择，一点也不后悔。

没有几年，妻子就能退休。我在等待。妻子也在等待。毕竟，一个家庭，没有女主人，绝对不可想象，它的伤害不亚于寒风和暴雪。人生也有冬夏。一个人，中年，这应该是人生的冬天，冰天雪地、万物凋零的冬天，我帮不了谁，谁也帮不了我，我只能自己照顾自己。就像刘亮程说的："落在一个人一生中的雪，我们不能全部看见。每个人都在自己的生命中，孤独地过冬。"

城里的月光

城里的月光，给我的印象是清冷，甚至寒气逼人。

一直，我很向往城市，做梦也是高楼大厦，车水马龙。可是，真正置身其间，我却又怀念起农村，怀念那袅袅的炊烟、暖暖的乡音。城里有什么？冰冷的钢筋水泥、呛人的汽油味，还有那难以挥去的孤独和寂寞：下班，回家，关门，把自己和这个世界隔离开来。

有这样的感受，很大程度是因为我是单枪匹马在城市里挣扎。我的"领导"——孩子的母亲，因为工作的缘故，依旧生活在乡下；女儿，高考后，上了大学，小鸟一般飞走。没有人说话的日子，我只能静静地欣赏天上那一轮明月。明月倒是多情友善，一直跟着我，从乡下到城里。

记得有一次，寂寞难耐，我走出家门散步。在一座大桥上，我驻足停留。远处，万家灯火；近处，路灯光下，弥漫起腾腾雾气。桥下的驳船不时传来呜呜的喇叭声，伴着几分苍凉和忧伤。清冷的夜风吹在我的脸上，有些凉意。我抬头看了看天上，这是怎样的月亮啊，残缺，寒碜，发着昏黄无力的光芒，周围是一层淡淡的云，缓缓流动着。

我不由想起了20多年前的一个月白风清的晚上。我骑着自行车，后面坐着我未来的"领导"，车子飞快，漫无目的。很快，我们来到了旷野。那次，我看到了迄今为止我看到的最美的月亮：圆润，硕大，清光四溢。大地一片白色，稻子在晚风的吹拂下，似白浪翻滚。此时此刻，清风，明月，田野，树木，流水，虫鸣……构成了青年男女约会时最美丽最浪漫的背景。

我们婚后的日子，像平静的河面，平平淡淡，水波不惊。没有浪漫和惊喜，有的只是锅碗瓢盆，油盐酱醋。十年前，我想改变一下自己的生活方式，去城里闯闯。"领导"没有说什么，她喜欢用沉默表示同意。

到城里的前几年，我有些"水土不服"，工作上也不顺心，有力使不上，失落是自然的。工作之余，同事忙于炒股、炒房，我囊中羞涩，心甘情愿被边缘化。"领导"说：无聊，可以看看书；还无聊，可以写写文章。可是，心浮气躁的我，干什么也静不下心来。"飘飘何所似，天地一沙鸥"，总感觉杜甫这诗句里飘零的沙鸥就是我，我有些顾影自怜。很长时间，除了往返于城里乡下乡下城里的路上，我滞留在游戏王国里，浑浑噩噩。

有一次，中秋不放假，我未能回老家。作为班主任，我参加了学生的联欢。一位身材颀长的女学生，唱了许美静的《城里的月光》，柔美的嗓音，让我非常震动。"城里的月光把梦照亮，请温暖他心房……"多美的歌词，好像是为我写的。我沉浸其中，如痴如醉。你不能不相信音乐的力量，这首歌居然让我从浮躁喧嚣中沉静下来，审视自己——我得找点事情做。回家的路上，我一边吟唱着这首《城里的月光》，一边不时看着天上的月亮。月亮像顽皮的孩子，眨巴着眼睛，讥笑着我。很快，在好朋友晓橹的鼓励下，我做起我的文学梦：读书，写字，投稿。看到自己的名字变成铅字，喜悦之情不言而喻。更重要的是，我的生活充实了，感觉日子飞快。"领导"的几句夸赞，心里暖洋洋的。寂寞、无聊，也躲得无影无踪。

梁实秋说过："寂寞是人生的清福。"确实，一个人的时候，捧一杯茗茶，读读书，写写字，上上网，随心所欲，其乐无穷。偶尔，手机响了一下，一条信息，就几个字，是"领导"的最高指示：明天降温，注意加衣。心中一阵暖意。走到阳台上，天上一轮明月，圆润，硕大，和我20多年前看到的一模一样。